굳세어라 의기양양

품새어마 의기양양

신은숙 그림에세이

도서
출판 북인

시와 그림 경계를 가르지 않고 함께 가는 길

볕 좁은 다락방에서 책 읽기를 좋아하던 소녀는 자라서 시인이 되었습니다. 만화의 주인공을 곧잘 그렸지만 그림을 업으로 삼지는 못했습니다. 그러나 '나무는 꽃을 잊은 적이 없'듯 그림은 연속된 삶의 흐름 속 한 컷처럼 늘 마음속에 정지해 있었습니다.

사물이 말을 걸거나 풍경이 불러 이끌 때 시를 쓰면서도 그림을 생각했습니다. 어느 날 화실에 앉아 하나 둘 그림 작업을 하는 저를 발견했습니다.

시가 그림이 되고 그림이 시를 다독여주는 순간, 제가 받았던 많은 위로를 이제 여러분과 소소하게 나누고 싶습니다. 시와 그림이 그리움의 좌표 속에서 반갑게 해후하는 순간을 꿈꾸어봅니다.

첫 시집을 내고 2021년 첫 개인전을 했을 때 엽서에 쓴 작가의 말이다. 이처럼 시와 그림이 그리움의 좌표에서 만나는 일, 오랫동안 꿈꾸어왔다. 『The missing piece』나 『아낌없이 주는 나무』로 잘 알려진 쉘 실버스타인이나 『어린왕자』를 쓴 생텍쥐페리처럼 되고 싶었다. 작가 자신이 그린 그림에 글을 쓰는 일, 나도 그럴 수만 있다면 얼마나 좋을까 생각했다.

여기까지 오는데 시간이 많이 걸렸다. 시도 그림도 늦깎이로 시작했지만 어느 것 하나 허투루 흘려보내지 못해 걸음이 더뎠다. 서툴고 더디지만 가슴이 시키는 대로 꾸준히 나아가고자 했다. 시가 되지 못한 그림도 있고 그림으로 풀어쓴 시도 있지만 굳이 그 경계를 가르기보다는 함께 가려고 노력했다.

영동과 영서를 오가며 살아가는 동안 강원도의 그 숱한 고갯길과 풍경들은 나에게 시와 그림을 그리는 데 있어 많은 영감을 주었다. 특히 유년의 양양 서면 장승리 철광산을 다시 찾았을 때 모든 게 사라진 후였고 사택도 분교도 상점도 무엇 하나 남아있지 않았다. 그 역사적 보존이 전무해서 그림을 그릴 때 인터넷 기록과 저서를 참조할 수밖에 없었다.

평생을 광산 노동자로 산 아버지와 대식구 살림을 도맡아온 어머니 그 두 분이 아니었으면 나는 아무것도 아니었을 것이다. 나의 시도 그림도 그 존재의 뿌리 깊숙이 두 분이 계신다. 어머니는 당신의 지난한 삶을 한 권의 노트에 기록해두었는데 그 노트 말미에 '신은숙, 이 노트를 나를 생각하면서 잘 보아다오. 재주꾼 내 딸, 사랑한다'라고 썼다. 여기에 어머니가 쓴 일기 두 편을 수록했다. 시나 그림으로 차마 하지 못한 이야기들을 산문집으로 묶는다. 그리고 싶은 그림을 그릴 수 있도록 아낌없는 조언과 가르침을 주신 화실의 S 선생님과 도서출판 북인에도 감사의 말씀을 전하고 싶다. 사라져간 철광의 사람들, 그리고 먼 은하에서 오작교를 놓고 기다리고 있을 견우, 나의 아버지와, 무용을 하며 고고한 모란처럼 꽃 피고 싶은 꿈을 가진 영원한 직녀, 나의 어머니께 이 글을 바친다.

2024년 가을 모란길에서
신은숙

차례

제1장
철광산이 있던 자리

철의 동네 장승리

철은 어디에나 있다. 인간의 몸 속에도 들어 있다. 철이 없는 세
상이란 상상하기 어려울 정도다.

어릴 때 자석놀이를 하면 새카만 철가루들이 어디서 나타났는지
들러붙었다. 이 철이 가장 많이 나던 곳이 양양 장승리다. 당시 지
리 교과서에도 수록되었다.

장승리 양양광산은 1938년부터 일본인들에 의해 소규모로 개발
되다가 1941년부터 태평양전쟁에 필요한 무기를 조달할 목적으로
본격적으로 개발되었다. 채광된 철광석은 속초항을 통해 일본으
로 가져갔으며 8·15 광복 후 폐광되었다가 국유화되면서 다시 가동
되었다. 이후 일본으로 수출, 포항종합제철소로 반출되는 등 연간
350만 톤의 생산량을 유지하면서 국내 철광석 생산량의 90% 이상
을 차지했으나 광업소의 침체와 인력 부족으로 생산량이 급감하여
1995년 폐광되었다.

●

장승리 1984, 캔버스에 유채, 10F

푸르른 날 더 푸른 철광산 부르면 잿빛으로 길게 이어지는 하늘 아래 있지만 없는 것들로 가득한 이상한 철의 나라 녹슨 강삭철도처럼 울지 않는 도르래처럼 굳어버린 그 이름 — 시 「장승리」 중에서

1960~70년대 장승리 인구가 약 2만 명이나 되었는데 현재 양양군 인구가 약 2만7천5백 명 정도인 것을 보면 당시 양양경제를 이끌었다고 해도 과언이 아니다. 양양읍에도 없는 극장이 있었고(1969년 화재로 전소되었음), 병원, 목욕탕, 이발소, 당구장, 유치원, 분교가 따로 있었다. 전국 각지에서 몰려든 근로자들을 위해 무상 지급된 사택 55동 230세대가 있었는데 사원급은 15평 남짓에 방 2개에 부엌 1개, 한 줄에 8세대가 살았다.

같은 지붕 아래 빗소리를 듣고, 가끔은 술 취한 가장이 착각해 남의 집에 들어가 드러누워도 큰 흉이 되지 않던 정 많은 동네, 가장들 비번엔 남대천에 나가 뚜거리를 잡아와 솥단지 걸고 매운탕을 끓여 이웃과 나눠먹기도 했다.

폐광이라는 밀물을 견디지 못하고 사람들이 썰물처럼 빠져나가 지금은 텅 빈 동네, 장승리. 1981년 11월 초등학교 4학년 때 장승리를 떠나 읍내로 이사 나온 이후 광산목욕탕 갈 때 몇 번을 제외하고 나는 한번도 장승리를 가지 않았다. 어느 순간 장승리를 잊고 살았다. 다시 장승리를 찾아간 건 삼십 년도 더 지나서였다. 남대천을 거슬러오르는 연어처럼 기억을 더듬어 장승리를 찾았을 때 도저히

●

믿을 수 없었다. 우리 집도 이웃 집도 사라지고 분교도 터밖에 남아 있지 않았고 즐비하던 사택 자리엔 호밀이 무성했다.

조금 더 올라가보니 철광산이 있던 자리엔 뭔가를 지탱하던 콘크리트 절벽만이 푸른 산 기슭 아래 풀들과 함께 어우러져 있었다. 이후 나는 자석에 이끌린 철가루 마냥 장승리를 찾곤 했다. 무엇인가 확인하고 싶었는지도 모른다. 아버지와 작은아버지, 그리고 이웃의 아버지들도 모두 광산을 다녔고 소박한 문화생활이 있었던 깊은 산골, 흔적도 없이 사라진 광산과 그 식구들의 삶을 복기하는 일이 숙명처럼 내게 다가왔다. 그림으로 때론 시로 받아적었다. 그러나 기억의 부재와 자료의 한계에 부딪힐 때마다 양양문화원에서 펴낸 『양양 철광산의 문화사』란 책을 접하면서 많은 도움을 받았다.

늦은 가을 오후 햇살이 산 능선을 넘어갈 때 장승리의 사택 지붕들엔 붉은 녹물이 든다. 가지런한 사택을 중심으로 왼편엔 교회와 병원이, 오른편엔 목욕탕과 유아원이 있다. 사택 너머로 하얀 두 건물이 바로 장승분교다. 그 위로 좀 더 올라가면 임원 사택과 양양광산이 나온다. 1984년 장승리, 문화원 책자에 있는 백기석의 사진을 그림으로 그렸다. 빛바래고 녹슨 풍경이지만 한때 번영으로 지지 않던 빛나는 철의 동네를 떠올리면서 문득 그곳의 사람들이 부디 다른 곳에서도 행복을 오래 이어가기를 바라는 마음이다. 그 이름 장승리(長承里)처럼.

●

철광산이 있던 자리

꿈속으로 버스 한 대가 들어온다. 먼지가 풀풀 날리는 비포장 길을 따라 버스가 달리다 막다른 곳에 정차한다. 더 이상 갈 수 없는 길의 끝에 광산이 있다. 버스에서 내린 나는 그곳에서 아버지를 기다린다. 내 손엔 엄마가 들려 보낸 도시락이 보자기에 싸여 따끈따끈하다. 푸른 어둠의 광산 쪽을 바라본다. 아무리 기다려도 아버지가 나오지 않는다. 도시락이 식을까봐 가슴에 품고 아버지를 부르다 혼곤한 잠에서 깨면 어느새 식은땀을 흘리는 나를 발견한다.

아무리 기억하려 해도 기억나지 않는 광산. 인터넷에서 희미한 사진을 찾았을 때 한 줌의 기억이 되살아났다. 꼬박 앉아 그림을 그렸다. 먼 산, 철탑, 철가루, 온갖 구조물들, 트럭, 지게차와 함께 부지런히 선광장에서 돌을 고르는 아버지가 그 속에 있고 갱도엔 작은아버지가 열심히 채굴 작업을 하는 모습이 눈에 삼삼하다. 광산에선 강물도 검고 모든 것이 흑백이다. 폐허가 된 광산을 보니 마치

●

16

철광산, 캔버스에 유채, 15F

데이터를 복원하는 회로처럼 기억에 불이 켜지고 그곳의 삶을 떠올린다.

일찌감치 가장이 되어 식구들 이끌고 광산에 와서 3교대 노동을 하던 아버지는 철이 빨리 들었던 걸까. 당시의 아버지들, 광산에 뼈를 묻거나 떠났어도 한때 대한민국에서 철이 가장 많이 나서 빛나는 철광산업을 이끌었던 역군들이었다. 또한 철의 원산지로서의 광산도 굳건히 존재한다. 마을은 사라졌어도 기억은 흩어졌어도 광산은 언제나 그 자리에 푸르게 살아 있다.

나는 양양 장승리에 있던 철광산이 역사 속에서 혹은 사람들 기억에서 잊히는 것이 두렵다. 번영은 쇠락을 전제로 할지라도 분명 존재하던 역사였기에 그 생생한 삶의 궤적을 따라가는 것은 내 존재의 뿌리를 찾아가는 과정이기도 한 까닭이다.

아버지는 노동자로, 가장으로 살면서 짊어져야 했던 삶의 무게가 지구에서 가장 무거운 원소라는 철보다 더 무거웠을 것이다. 아무리 몸이 고되도 아버지는 힘든 내색을 하지 않았다. 변덕 심한 어머니와 야위어가는 아내와 동생들까지 데리고 살면서 아버지는 어느 편도 들 수가 없었다. 철인 아버지 그늘 아래 철없는 내가 해맑았다. 태어나 열한 살까지 살았던 광산이 있던 산골은 근심 걱정 없는 내 자유로운 놀이터였다.

돌밭을 헤치고 시커먼 네 발로 기어오르면 멀리 신작로엔 레미콘이 지

●

18

나갔다 레미콘! 먼저 외치면 이기는 게임을 했다 트럭이 연신 쿨럭이며 지나갔다 푸른 작업복들 향해 손 흔들면 아카시 향기가 달려와 말을 건넸다 우리 잎따기 놀이할래? 홀짝홀짝 잎따다가 짝!이 나오면 이기는 게임을 했다 폐석장은 광산촌 아이들의 거대한 놀이동산 그 많던 돌들은 어느 우주 아래 먼지가 되었을까 캄캄한 세월 무장무장 건너온 아카시 나무들 어느 동산 아래 잠들었을까 지금도 만져지는 돌의 모서리, 사금파리 같은 햇빛의 시간들

— 시 「폐석장에서 길을 잃다」 중에서

이 글은 사라져간 나의 돌무덤을 추도하는 형식이다. 그리움의 온도는 햇빛의 온기처럼 남아서 나를 천방지축 열 살로 되돌려 놓는다. 나의 장승리, 철광산, 그리고 폐석장, 분교, 푸른 대문이 있던 집 등 모든 게 사라졌지만 사라진다는 것은 곧 살아진다는 말의 입버릇처럼 또 다른 의미로 다가온다.

기억이 절벽을 오를 때

절벽은 말한다. 여기가 끝이라고, 매달릴 수도 떨어질 수도 있다고…. 초록의 그늘 속 낮빛 푸른 절벽 아래 기중기 한 대가 서 있다. 이 절벽에 무엇이 있었던 것일까? 볕이 오르는 양양, 볕이 쨍한 날들. 해오름 땅 어딘가 기억이 절벽을 기어오른다. 기억은 힘이 세서 떨어지지 않는다. 절벽을 밀어붙이는 힘이다. 그렇다. 절벽은 절박했던 한때의 생들을 끌어안고 저 홀로 묵묵히 시간을 건너왔다.

절벽 앞에 선다. 그 앞에서 불러보는 이름, 아버지. 6·25 때 부친을 잃고 모친 신병치레로 전 재산을 날린 후 일자리 찾아 강릉에서 양양 광산까지 온 아버지. 돌처럼 막막한 청춘을 3교대 트럭에 싣고 오르내리며 날마다 선광장에서 돌을 고르던 아버지. 온 식구가 제비 새끼마냥 한 사람만 바라보았다.

나는 열한 살까지 살았던 양양군 서면 장승리에서 딱 한번 광산에 가보았다. 아버지가 두고 간 도시락 심부름을 하기 위해서였다.

●

절벽의 광산, 캔버스에 유채, 15F

장승분교에서 조금 더 올라가면 막다른 곳에 광산이 있었다. 광산의 거대한 철 구조물들은 어린 나를 압도했다. 온통 까만 건물 사이로 어둠 같은 아버지가 걸어나오던 모습이 어린 뇌리에도 잊혀지지 않는다. 아버지는 위험하다고 이런 데 오지 말고 얼른 가라고 도시락을 받자마자 돌아섰다. 나는 굉음에 휩싸여 멍하니 아버지 뒷모습만 바라보았다.

　문득 생각나는 일화가 있다.
　아버지가 광산에 근무할 때 감독시험에 도전한 적이 있었다. 초등학교만 겨우 나온 아버지는 생소한 영어, 한자까지 해야 하니 책상 앞에서 자주 한숨을 쉬었다. 그때 엄마는 옆에서 바느질하면서 아무 말 없이 시조 한 수를 읊었다. 아버지가 지친 기색을 보일 때마다 잔소리 대신 그 시조를 읊었다. 아버지는 속으로 약이 바짝 올라 포기하지 않고 공부를 해서 결국은 감독시험에 합격했다. 이후 불어닥친 감원의 바람에 아버지는 감독 자리에 오르지 못했지만 수당은 더 받을 수 있었다고 한다.
　엄마가 읊은 시조는 이러했다.

　잘가노라 닷지말며 못가노라 긋지말라
　브대 긋지말고 촌음寸陰을 앗겼슬아
　가다가 중지中止곳하면 안이갈만 못한이라

●

22

『청구영언』을 지은 김천택이 쓴 시조로 해석하면 다음과 같다.

> 잘 간다고 달리지 말고 못 간다고 쉬지 말라
> 부디 그치지 말고 짧은 시간을 아껴 써라
> 가다가 중지하면 아니감만 못하다

　엄마에게 전화해서 그때 아버지 옆에서 읊은 시조를 아직도 기억하는지 여쭈었다. 엄마는 신나게 이 시조를 들려주셨다. 기억력에 있어서는 천재이신 여든다섯 엄마, 그 시절 중학교 교과서에 실린 영어 문장도 통으로 암기하신다. 나는 통화를 하면서 조용히 휴대폰 음성녹음 버튼을 눌렀다. 저 푸른 절벽처럼 놓쳐버리고 싶지 않은 기억의 음성 하나 영원히 간직하고 싶은 마음 하나로….

●

한 마리 연어가 되어

내 고향 양양 장승리, 열한 살까지만 살았던 광산촌의 봄.

산벚꽃 분홍 사이로 할머니가 치성드리던 성황당은 아직 그 자리에 있는데 언덕 위에 세 집 중 초록 지붕인 우리집만 사라졌다.

주황 지붕 친구는 초등학교 선생님이 되었고 어쩌다 만나도 어제 만난 듯 반갑다. 내가 광산에서 이사 가던 날 부둥켜안고 동네가 떠나가라 울어서 온 동네 사람들이 따라 울었다. 울타리 없이 이웃사촌처럼 지내던 분들이었다. 읍내로 이사한 후에도 나는 당시 광산에 있던 대중 목욕탕에 가느라 버스를 타곤 했다. 꼭 친구랑 손잡고 목욕탕을 갔다. 목욕탕과 사택이 있던 자리는 현재 호밀밭 들판이 들어섰다.

옆집 파란 지붕엔 종환이라고 나보다 한 살 어린 남자애가 살았고 주황 지붕 길 건너 노란 황매화가 피는 집은 금희라고 나보다 서너 살 많은 언니가 살았다. 여기서 실물 그대로인 집은 금희 언니네

●

고향의 봄, 캔버스에 유채, 10M

가 유일하다. 나머진 내 상상 속에서 그린 집들이다. 그 아래쪽에도 집이 있었는데 사라지고 터만 남아 있다. 개울이 있었고 빨래터가 있어 빨래와 함께 벗들과 수다떨기에 그만이었다.

열한 살까지 살았던 집터는 지금은 파밭으로 변했다. 지난 봄 찾아갔을 때 쪽파가 가지런히 심어져 있었다. 쪽을 진 할머니가 이제 왔냐고 밭 모롱이에서 반겨주다 사라지는 걸 보았다. 세상에, 요만한 땅에 봉당이 있는 마루와 칸나, 맨드라미, 채송화가 핀 마당과 닭장, 미란이네 사랑채까지 복닥복닥 모여 살았다니, 파밭의 기적이 아니고 무엇이랴…. 파처럼 매운 기억들이 모락모락 피어오른다. 언젠가 푸른 굴뚝인 파 끝에서도 꽃은 피어나듯이.

나는 지붕에 곧잘 올라가 신작로에서 푸른 작업복을 입은 아버지가 오시길 기다렸다. 먼발치서 아버지가 보이면 얼른 내려가 먼지 풀풀 골목길을 내달렸다. 아버지는 돼지고기가 든 봉지나 가끔 과자 같은 것도 사 들고 오셨다.

뒷산에 인동초나 진달래가 붉게 피면 주전자 들고 따러 다녔다. 뱀은 안 무서운데 폴짝 튀어오르는 개구리는 무서웠다. 친구네 집 뒤쪽으로 성황당이 하나 있었는데 바로 앞에 큰 뽕나무가 있었다. 뽕나무에 기어올라가 뽕을 정신없이 따먹다 문득 돌아본 성황당, 울긋불긋 천들이 바람에 휘날리자 뒤도 안 돌아보고 도망쳤다.

"너 입술 까매. 저승사자 같아."

친구와 나는 서로의 검은 입술을 보며 울다가 웃었다.

●

염소에게 더 많은 풀을 먹이려 산에 갔다가 염소가 뛰어가는 바람에 줄을 놓지 못해 끌려갔는데 그 줄을 왜 놓지 못했는지 그날의 상처가 아직도 쓰리게 남아 있다. 염소, 닭, 칠면조를 길러서 잡아 먹었고 '해피'라는 강아지는 개장수에게 팔려갈 때 우리를 돌아보며 눈물을 흘렸다. 오빠가 울면서 개장수 뒤를 쫓아갔다. 나는 어렸어도 집에서 잡은 동물의 그 어떤 것도 먹지 않았다. 자주 굶었고 깡마른 아이였지만 노는 것 하나는 사내아이 저리가라였다. 얼음 쪽배를 타다가 옷을 적시고 와서 엄마한테 혼나기도 했다. 뒷동산은 내 전용 비료포대 썰매장이었고 겨울이면 동상이 걸린 손으로 이글루를 만들며 놀아도 신나기만 했다. 그 당시 자고 일어나면 처마 끝까지 왔던 눈들은 다 어디로 사라져버렸을까….

돌아보면 마냥 봄이었던 유년의 장승리, 나와 달리 엄마에겐 가혹한 겨울이었던 곳. 수십 년 만에 다시 가보았을 때 나는 한 마리 연어가 되어 세월이라는 물살을 거슬러오르고 있었다. 볕이 오르는 양양, 기억도 햇살 따라 부채처럼 퍼지고 있었다.

열한 살의 일기

어릴 때 목욕탕 건물이 있었다. 광산목욕탕. 유리창도 없는 건물에 녹이 슬고 때가 묻어 폐광 이후 운영하지 않는 상태로 방치되다가 철거되었다.

1950년대 말 양양 시내에도 없었던 목욕탕이 광업소에만 있었다. 그만큼 양양광업소가 한때 번영했던 시절을 말해주고 있다. 당시에는 광업소에 공급하는 전기를 자체 발전기로 발전했다. 그 발전소에서 나오는 전기를 이용하여 목욕탕을 운영했다. 종업원들한테 한달에 몇 장씩 목욕표가 나왔다. 종업원 아니더라도 표만 내면 목욕을 할 수 있어 종업원 가족들도 양양에서 많이 왔다. (양양철광산의 문화사, 양양문화원)

이곳에 대해 말하려면 초등학교 4학년 때 쓴 일기를 공개해야겠다. 내겐 빛바래고 낡은 일기장이 여덟 권 있다. 방학숙제로 열심히 하루도 빼놓지 않고 쓴 초등학교 4학년 때와 5학년 때의 기록들이

●

28

광산목욕탕, 캔버스에 유채, 10F

다. 그 전과 이후에 쓴 것들은 이사 몇 번 하면서 잃어버렸는데 이 여덟 권의 일기장은 철끈으로 한데 묶어놓은 덕분에 덩어리로 남아지게 된 것이다. 연필심 꾹꾹 눌러 공책 위아래 여백까지 아껴쓴 이 기록들을 우연히 발견하는 순간 유물이라도 발견한 것처럼 흥분되었다.

광산에서 이사와 양양 읍내에 살면서도 장승리 광산 친구들을 그리워했다. 우리집 옆에 살던 또래 순선이라는 친구와는 늘 붙어살았다. 읍내에도 목욕탕이 있었지만 아직 아버지가 광업소 다니던 때라서 목욕표라는 게 공짜로 나왔기에 친구도 볼 겸해서 광산 목욕탕을 갔던 날의 기록이다. 그날이 특별했는지 열한 살짜리가 4쪽에 걸쳐 장문의 일기를 썼다. 가감 없이 그대로 옮겨본다.

1981년 1월 16일 금요일 날씨 맑음

오늘은 새하얀 눈 위에 해가 비쳤다. 길이 약간 질퍽해졌다. 머리를 빗는데 엄마가 아아, 꿈에 그리던 정든 내 고향 광산에 목욕하러 가라고 하셨다. 시간이 남는 대로 놀다와도 좋다고 하셔서 나는 "얏호, 저, 정말? 히히, 꿈인가 생신가…" 하면서 살을 꼬집어보았다. 황급히 옷을 갈아입고 밥을 먹었다. 목욕표 등 목욕할 때 필요한 것들을 갖추고 버스 정류장으로 갔다.

혼자 버스를 타기가 요번이 첨이다. 그런데 내가~ 광산 버스를 타지 않고 그만 오색 차를 타고 말았다. 뒤늦게 이것을 알았으나 소용이 없었다. 나는 두근두근하면서 얼굴에 근심 빛을 담았다. 창 밖의 경치고 뭐고 상평에서 내렸다. 좀 기다리니 광산 차가 왔다. 차비가 곱으로 든다. 나는 실망하기도 하고 희망에도 부풀어 광산 일초소 문방구에 내렸다.

얼마나 그리던 고향이냐. 나는 얼굴이 발갛게 달아오르도록 힘껏 달렸다. 정든 내 친구, 누구보다 친했던 순선아 기다려 네 곁으로 간다 하면서 달렸다. 이웃 아주머니들을 만날 때마다 바쁜 걸음을 멈추고 인사를 했다.

"안녕하서요?"

"오, 이게 누구야 은숙이가 왜 여길 왔니?"

반가운 말투셨다.

어느덧 순선네 집이다.

"순선아, 나야, 나."

광산 있을 때 버릇대로 순선이 방문을 흔들었다. 숨이 가빠서 가슴이 터질 것만 같았다. 순선이가 누구니? 하면서 문을 열었다.

"앗, 은숙아. 너, 너구나."

"아니, 이게 은숙이 아니냐. 아이구 어서 와."

순선이 엄마의 따뜻한 말씀에 나는 눈시울이 뜨거워져서 큰 울음이 터질 것을 가까스로 참았다. 문방구에서 가져온 과자 2봉을 내놓았다. 과자를 먹으며 나는 가족들이 얘기하는 건 귀에 들리지도 않고 다만 떨릴 뿐이었다.

●

"에구, 우리 순선인 내가 양양 갈 때마다 은숙이 보고 싶다고 간다 하는 통에….."

나는 순선이랑 헤어질 때를 생각하니 정말 견딜 수가 없어서 옷소매로 눈을 가렸다.

벼르던 내 소원이 이루어졌다. 나는 순선이와 같이 목욕을 갔다. 너무 일찍 가서 아직 목욕을 안 해서 우린 내가 3학년을 졸업한 장승분교에 가서 새하얀 눈을 밟았다. 나는 처음으로 순선이와 조용한 시간을 가졌다. 그러나 가슴이 미어지는 것 같아서 무슨 말을 먼저 해야 할지 몰랐다.

어느덧 목욕탕에 가니 시작을 해서 사람들이 많이 들어갔다. 목욕탕에는 사람들이 꽉 차 있었다. 바늘 꽂을 틈도 없을 지경이었다. 아무 데서나 샤워를 하고 찬물을 마구 튀겼다.

겨우 목욕을 마치고 나오니 천당 같았다. 나와 순선이는 숨을 내쉬면서 마주 보고 쌩긋 웃었다. 친구들의 집을 방문했다. 나와 친했던 미라, 은하 등 모두 나를 반겨주었다.

나는 입술을 꼬옥 깨물었다. 차 탈 시간이 되었기 때문이다. 더 이상 이 정든 광산을 떠나고 싶지 않았지만 할 수 없었다. 순선이는 나를 배웅하러 저녁인데도 추운 날씨를 무릅쓰고 나섰다.

"들어가. 추운데 왜 나와서 그러니."

나는 강물에 뛰어들고만 싶었다. 순선인 고개만 흔들었다.

부웅~ 버스가 왔다. 버스 찻간에 올라서면서

●

"순선아 안녕, 안녕, 안녕. 편지하자."

"그래, 잘가. 아 안녕."

순선이는 드디어 울었다. 나도 눈시울을 적시면서 양양으로 떠났다.

열한 살 아이 눈에 비친 바늘 꽂을 틈도 없던 광산의 대중 목욕탕. 2층 건물 그 위쪽 2,30미터 거리에 장승분교가 있었다. 그날의 새하얀 눈처럼 건물도 하얗던 곳. 긴 굴뚝에 허연 김 수증기가 모락모락 피어오르던 곳. 찬물을 마구 튀기던, 때보다 많던 사람들. 다 어디로 갔나. 폐허의 건물조차 이제는 흔적도 없다. 다만 그 자리를 푸르게 증언하는 호밀들 사이로 한 줄기 바람이 지나갈 뿐이다.

●

종점을 기억하는 방식

　종점이라는 말엔 쓸쓸함이 묻어 있다. 마지막 지점이라는 데서 오는, 더 갈 수 없는 곳. 그러나 양양 철광산은 이 종점에서 한참을 더 걷다보면 나온다. 장승리의 종점은 철광산이다. 덩그러니 남은 콘크리트 절벽이 그 부재를 증명한다.

　장승리를 걷다보면 사람이 사라진 거리에도 읍내서 오는 광산행 시내버스를 만날 수 있다. 만원버스에 올라 안내양이 오라잇~ 하면서 승객들을 구겨넣으면 숨조차 쉴 수 없던 시절이 있었다. 분교를 졸업하고 4학년이 되어서 나는 양양군 서면 수상리에 있는 상평초등학교를 다녔다. 장승리에서 수상리까지 십 리도 넘는 거리여서 버스를 타고 다녔다. 오빠는 자전거를 타고 다녔지만 나를 태워주지 않았다. 하교 후 만원버스를 타기도 싫고 버스비도 아끼려 걸어서 집으로 갈 때가 많았다. 개울물 따라 다리도 건너면서 먼지 풀풀 날리는 비포장도로를 걷다보면 어디선가 아카시 향기가 다가왔고

●

장승리 종점, 캔버스에 유채, 10F

풀잎점도 치면서 마냥 걸었다.

우리집은 장승1리 높은 언덕에 있어서 신작로가 내려다보였다. 좁고 구불한 골목을 지나 올라가면 파란 대문이 있는 ㄱ자 집. 장독대에 올라 누가 버스를 타는지 누가 오가는지 도로의 사정을 살폈다. 장에 간 엄마가 버스에서 내리기라도 하면 한달음에 골목길을 내달렸다. 가장 슬펐던 날은 우리집에서 키우던 해피라는 이름의 개가 개장수에게 팔려가던 날이었다. 개가 철창에 갇혀 개장수 자전거에 짐짝처럼 실려갔다. 그날 이후 나는 더 이상 장독대에 올라가지 않았다. 해피의 불행한 그림자가 골목길에 어른거리는 것 같았다.

장승리 도로는 2차선으로 일 자로 뻗어 있다. 양옆으로 사진관 약국 문구사 공판장 등 상점들이 즐비한데 이들 중 아직도 운영되는 곳은 없다. 하긴 집들이 허물어지고 사람이 안 사는데 상점이라고 무사할 리는 없다. 사택과 폐석장 부지를 지나면 장승리 종점이 나온다. 여기가 종점이라고 아는 이유는 버스 정류소에 그렇게 쓰여 있어서다. 종점 옆 민가에 할머니 한 분이 나와 있다.

"할머니, 여기 오래 사셨어요?"

반가운 마음에 말을 건넸다.

"그럼, 예전에 여기서 장사도 했지. 지금은 아무도 없어."

외지인 등장에 눈빛이 반짝이는 할머니.

"아, 무슨 장사하셨어요?"

●

"공판장이라고, 별 거 다 팔았지. 근데 어디서 왔슈?"

"저 위에 장승분교 아시죠? 거기 다녔어요."

공판장은 문을 닫았지만 할머니가 아직 건강하게 그 자리를 지켜 주시는 것만으로도 고마운 마음이 들었다. 무엇이든 전성기가 있으면 쇠락의 시기도 있는 법. 모두가 떠날 때 떠나지 않고 그 자리에 있는 것, 고향 사랑은 그런 것이 아닐까.

종점 정류장 옆에 특이한 조형물이 눈에 들어온다. 몇 년 전만 해도 없었는데 근래에 세워진 듯한 조형물은 다름 아닌 해, 달, 별 모형이었고 별 아래에 '장승리마을'이라고 크게 쓰여 있다. 장승리마을을 기억하는 해, 달, 별. 사람들은 기억을 잃고 장승리를 떠나 먼 은하로 간 것일까? 할머니도 아버지도 작은아버지도 해, 달, 별처럼 그곳에선 밝게 빛나고 행복할까?

폐광은 소멸의 다른 파도// 이제 차부상회는 아무것도 팔지 않는다/ 건물 대신 들어선 호밀 혹은 옥수수 밭/ 안내양이 승객을 구겨넣던 버스는 오지 않는데// 해 달 별은 누구를 마중 나온 것일까// 종점의 쓸쓸이 더 빛나도록/ 기억의 편린이 더 반짝이도록/ 철광을 기리는 구조물은 어디에도 없는데// 하루에 한번 온다는 광산행 버스/ 아무도 내리지 않는 종점/ 칠월의 땡볕과 맹렬한 적막을 태우고/ 기사는 하품을 하며 떠난다

― 시 「해 달 별 종점」 중에서

해, 달, 별이 마중 나오는 종점. 아쉬운 건 철광산을 기억하는 조형물은 아무 것도 없다는 것이다. 철광산이 잊혀진다는 건 철강업의 주축이자 국내 최대의 자철광산의 역사가 사라진다는 것이다. 그곳에서 피땀 흘려 일했던 노동자들과 그 가족들의 삶이 잊혀진다는 것이다. 부재한 역사 인식, 나는 이 점이 가장 슬프다.

그해 가장 덥다는 여름 오후, 나는 종점 초승달 의자에 오래도록 앉아있었다. 이상한 서늘함과 함께.

꼬꼬댁 접시꽃이 피었습니다

접시꽃, 캔버스에 유채, 10F

— 당신들은 웃지만 나는 목숨 걸고 합니다.

런던 거리에서 만난 외발자전거를 타는 사람이 칼 세 자루를 공중에 던지고 받으면서 하던 말이다. 칼날이 아슬아슬 춤을 출 때 외발자전거는 흔들리면서도 결코 중심을 잃지 않았다. 외발자전거 사내는 그 경지에 도달할 때까지 얼마나 노력했을까를 생각하니 관객인 나로서는 그저 웃을 수만은 없었던 기억이 난다.

유월이다. 문득 담벼락에 핀 접시꽃을 보면서 그날의 외발자전거 사내가 떠오르는 것은 왜일까. 꽃대에 수많은 접시들을 매단 채 피어 있는 접시꽃은 어쩌면 곡예의 경지에 오른 그 사내거나 혹은 시집살이의 경지에 오른 내 엄마를 닮았는지도 모른다. 양양 사람 엄마가 강릉 사람 아버지를 만나 양양 장승리에 시집 와 산 날들은 혹독한 겨울보다 견디기 힘든 나날이었다. 엄마는 가끔 그 시절 이야기를 들려주었다. 얼마나 가슴에 맺혔으면 엄마는 노트에 그 이야기들을 빼곡히 적어놓았다.

양강지풍襄江之風은 엄마와 아버지 사이에 불던 거센 바람이었다. 그 태풍의 눈엔 할머니가 있었다. 쥐뿔도 없이 가난한 종갓집 맏며느리로 엄마는 온갖 집안일을 하며 할머니의 매서운 시집살이를 감내해야 했다. 열두 살이 되던 해 나는 드디어 할머니의 손목을 꽉 잡고 외쳤다. 엄마 괴롭히지 말라고…. 그리고는 할머니 손에서 빗자루를 빼앗아 멀리 던져버렸다.

제사나 차례가 일 년 열두 달 지속되었다. 전을 부치거나 떡을 빚는 일, 김치를 담그거나 만두를 빚는 일엔 외동딸인 나도 예외는 아니었다. 나는 얼른 마치고 나가 놀고 싶어서 속도를 냈다. 후다닥 마치고 나가 노는 일이 더 급했다. 친구네 집으로 가는 담벼락엔 빨간 접시꽃들이 내 키보다 크게 줄지어 피어 있었다. 접시꽃 꽃잎을 갈라서 콧등에 붙이고 꼬꼬댁거리면서 친구와 놀았다. 붉은 볏을 단 닭마냥 꼬꼬댁 흉내를 내는 일은 퍽 재미있었다. 잔돌을 모아 공기를 하거나 술래잡기를 하면서도 꼬꼬댁거렸다.

꽃보다
꽃대가 위대한 순간이 있다

층층이 접시들을 매달고
저글링하는 저 꽃대들
붓을 들어 허공에 글을 쓴다
잘 익은 문장 하나 붉은 숨을 내쉬면
피어나는 겹겹의 질문들

너의 무엇을 담겠느냐

콧등엔 꽃잎 갈라 붙이고선
해거름 골목길을 내달리는 꼬꼬댁 아이와

●

이 빠진 접시 하나 버리지 못하고

붉은 통증을 달고 살던 아낙

줄줄이 피어나는 조상들

그늘과 골목이 이마를 맞대고 선 경계

유월이면 어김없이

꽃대는 양팔 가득 접시들을 들어올린다

제기처럼 반짝거리는

너의 무엇을 물려주겠느냐

꼬끼오 꽃들이 홰를 친다

— 시 「질문들」 전문

접시꽃이 피는 유월이다. 저글링하는 꽃대들 바라보면서 런던의 그 사내가 머릿속에서 빙빙 맴돈다. 엄마는 기록으로 그 통증을 복기하였다. 그런데 그 사내는 웃으며 여전히 안녕한지 안부를 묻고 싶어진다.

●

내 생의 특별한 옷

광산 시골 분교 입학식 날의 기억이 떠오른다. 그 시절엔 '비로드'라 불리는, 보들보들한 천으로 만든 원피스가 유행이었다. 비로드는 지금의 벨벳이나 우단 소재로, 광산촌에서 그 옷을 입은 아이들은 감독이거나 부잣집의 딸래미들이었다. 내가 아무리 졸라도 엄마는 그 옷을 사주지 않았다. 또래 여자애들이 레이스 달린 비로드 원피스를 입고 자랑하면 그 옷을 못 입는 나는 시무룩해지기 일쑤였다. 종갓집 맏며느리로 시동생, 조카들까지 챙겨야 했던 엄마로서는 안 사준 게 아니라 못 사준 것이란 걸 당시 철없는 나는 몰랐다.

여덟 살, 한글도 못 깨우친 나는 엄마 손 잡고 학교를 갔다. 입학식이었다. 운동장에 서 있는데 그 많은 아이들이 나를 쳐다보면서 수군대거나 킥킥거렸다. 내가 색동저고리 한복 치마를 입은 유일한 아이였기 때문이었다.

"야, 쟤 좀 봐."

상평초등학교, 캔버스에 유채, 10M

"오늘이 설날도 아닌데 뭔 한복을 입고 왔다냐."

"우하하하⋯."

순간 어린 마음에도 부끄러움이 밀려들었다. 비로드 원피스를 안 사주고 할머니 회갑 때나 입었던 색동 한복을 입혀준 엄마가 원망스러웠다.

삼월, 운동장엔 흰 눈이 쌓여 있었고 색동저고리에 빨간 치마는 얼마나 화려한 대비였을까? 까만 광산촌 운동장의 새하얀 눈과 색동 한복의 콜라보! 그때의 아이들은 왜 또 그렇게 콧물을 흘렸을까? 눈물 대신 연신 흐르는 콧물을 손수건으로 닦으며 서 있었던 그날의 시간이 수십 년이 지난 지금도 어제 일인 양 잊히지 않는다.

어른이 된 내가 묻는다.

"엄마, 그때 왜 나한테 한복 입혔어?"

"그때 니가 얼마나 예뻤는지 알어? 다들 인형이라 그랬다니까⋯."

엄마는 엉뚱한 소리로 내 질문을 막는다.

"그래도 비로드 원피스 좀 사주지, 한복이 뭐야, 촌스럽게."

"한복이 어때서? 비단보다 부드러운 공단인데⋯, 학교가 다 환하더라. 사진 못 찍은 거이 한이여."

엄마와 나는 그렇게 마주 보며 웃었다. 지금은 추억의 한 장면으로 남은 입학식이다. 그런데, 맞다. 그 흔한 입학식 사진 한 장이 없다니⋯. 눈만 큰 여덟 살 아이의 색동 한복 입학식은 이렇게 엄마와

●

내 기억 속에서 영원할 것이다.

내 학창시절은 한복 입고 초등학교 입학해서 한복 입고 여고 졸업하면서 막을 내렸다. 여고 졸업하던 날도 하얗게 눈이 왔는데 전교생이 한복을 입고 운동장에서 졸업식을 했다. 교복을 못 입어본 마지막 세대로서 한복을 입고 신사임당수련원을 가거나 졸업식을 했던 기억은 내 생의 특별한 시간으로 남아 있다. 적어도 한복을 입고 있을 때는 현모는 몰라도 양처는 되기라도 하듯 수줍게 옷매무새를 다듬기라도 했으니까…. 참으로 귀한 한복과의 인연이다. 유년의 기억을 쓴 시가 있다.

나 국민학교 입학하던 날/ 색동 한복 입고/ 저고리 앞섶에 하얀 손수건 달고 운동장에 서 있던 날/ 색동 한복 입은 아이는 나 혼자뿐/ 할머니 회갑 잔치에선 기분 우쭐했는데/ 왜 창피한 마음이 들었는지 몰라/ 날 바라보는 알록달록 색색의 시선들/ 눈물 대신 연신 흐르는/ 허연 콧물 옷고름에 슥슥 닦고는/ 다들 돌아가고 아무도 없는 운동장 구석/ 혼자 그네를 탔다네/ 적막을 가르는 색동 바람 생각해보면/ 유행하는 비로드 드레스를 사주지 못했던 엄마는/ 입학식날 내게 / 아껴둔 색동 드레스를 입혀주었지

— 시 「입학식」 전문

색동 한복을 입고 색동 바람을 일으키며 홀로 그네를 타던 분교

●

46

는 사라졌다. 극장도 사택도 목욕탕도 사라진 그 자리에 지금은 목초지처럼 소먹이 풀들만 가득하다. 철광산이 폐광되어 사람들이 다 떠난 까닭이다. 우리집도 이사해서 읍내로 나왔다. 기억 속에 삶은 잊혀도 그 기억만은 풍요롭다.

그날의 한복 때문일까, 중요한 자리에서 곱게 한복을 차려입은 모습을 보면 새삼 우리 한복이 얼마나 기품있고 그 자리를 빛나게 하는지 눈이 부실 정도다. 비로드 드레스보다 아름다운 한복, 이제 한복은 한류의 중심에서 세계인의 이목을 집중시키는 패션 키워드가 되었다. 오직 갖고 싶은 것은 높은 문화의 힘이고 문화의 힘은 우리 자신을 행복하게 하고 나아가서 남에게 행복을 주는 것이라던 백범 김구 선생의 소원은 K-문화의 열풍과 함께 현실이 되었다.

굳세어라 의기양양
― 엄마의 일기 1

    첫째로 오빠, 언니 네 명, 그 다음으로 바라던 아들이 아니고 내가 태어났다. 할아버지께서 집에 오시다가 딸을 낳았다는 소리에 휙 돌아서 큰댁으로 내려가셨다는 소리를 들었다. 훨씬 큰 후에 들은 곰밭댁 아주머니 말씀은 어머니께서 나를 낳고 잠숫지도 않고 누더기에 싸서 머리맡에 놓으셨다고 한다. 서글픈 엄마의 심정을 생각하니 나도 모르게 눈물이 흐르고 이해할 것 같다.

    자라면서 언니, 오빠들의 귀여움을 받았다. 겨울이면 앞 논에 가서 썰매를 손잡고 끌어주었다. 봄이면 논에서 들려오는 개구리들의 합창은 매우 아름다웠다. 들에 가서 쑥, 냉이 나물도 하고 논에 빠져서 우렁이도 많이 잡아오고 산에 올라 진달래를 한아름 꺾어서 먹기도 하였다. 6·25 후에 어머니와 같이 바다에 가니 김이 파도에 쳤다가 말라붙은 게 너무나 많아서 그릇 가득히 겨우 이고 왔었고 그 후에도 종종 바다에 가서 김을 해다가 김발에 붙여서 조석으로

●

48

실컷 먹었다. 어머니 몰래 곰밭댁에도 한 첩 갖다주기도 하였다.

봄이 오면 뒤뜰 장독대 근방에 분홍, 노랑 매화꽃이 만발하였고 앵두, 복숭아, 살구, 사과, 배, 자두 꽃이 집 주위에 형형색색으로 피어서 매우 아름다웠다.

초등학교에 들어가면서 무용부에 들어가서 무용을 하였고 우등상장과 상품(색색이 주판)도 받았다. 삼팔이북 공산주의에 농사지어놓으면 현물세라고 해서 벼를 수십 가마니씩 가져가고 처녀들도 학교 운동장에서 나무총으로 군사연습을 하는 것을 보았다. 저녁이면 애 어른 할 것 없이 동산에 모여서 사상교육을 하였고 학교에서는 어린 우리도 자아비판이라고 하여 누구 한 사람(학생) 올려놓고 막 공격을 하던 모습들도 생각난다.

4학년 초에 6·25가 났다. 계획적으로 전쟁 준비만 한 이곳(이북)에서 새벽에 남침을 한 것이다. 남쪽에서는 일요일이라 군인이 무방비 상태에서 후퇴를 하다가 유엔군도 오고 하여 국군이 밀고 들어오니 인민군은 후퇴했다. 우리는 걸어서 지게에 쌀, 이불, 옷, 먹을 것을 지고 이고 길을 가다가 저물었다. 개매에 가서 좁은 방안에 가득 사람들이 쪼그리고 앉아서 밤을 새웠다. 그러고 가는데 동네마다 집들이 모조리 불에 타느라고 불꽃이 새빨갛게 하늘로 올라가는 것을 보았다.

강릉 즈므(한밭)에 가서 어느 응달집에 있다가 불편해서 길 건너집에 이사 간 어느 날 비행기 폭격을 낮에도 수없이 하는데 아버지

●

는 손자(종명)를 이불에 싸서 껴안고 이 구석 저 구석으로 피신하던 기억이 난다. 네 살이 된 종명이는 등에 업혀가면서도 (매우 영리하고 잘 생겼음) "떠나는 양양역이다 언제 다시 오려나 정든 땅 우리들은 남모르게 울어요"라는 노래를 불렀다. 토성면 풍곡리로 시집 갔던 큰언니도 친정에 왔다가 갑작스레 전쟁이 나서 우리와 같이 피난해서 내 치마 주름을 잡아주면서 한숨 쉬던 모습이 아련하다.

그 후에 남은 식구도 양식이 떨어져서 (낮에는 비행기 폭격, 밤에는 함포 사격) 밤에 발자국 따라 눈길을 걸어오는데 폭격에 맞은 송장, 불에 탄 송장이 길에 몇 걸음 사이로 널려 있었다. 송장 옆으로 조금 비켜서 길이 나서 오는데 지금 생각하면 사천다리인 듯, 잘려서 겨우 내가 건너뛸 정도였다. 그 밑을 내려다보니 시커먼 게 열두 살 어린 내가 건너뛰기란 무척 무서웠다. 눈을 딱 감고 뛰었다.

●

집에 오니 고성, 간성 등 각지의 피난민들이 방안 그득히 꽉 차 있었고 쌀을 땅에 묻고 간 걸 파보니 약간 상해서 그것으로 떡을 해먹었다. 6·25 나기 전 큰댁 사촌오빠가 원산전문대에 다녔는데 방학에 와서 노래 가르쳐준 것을 지금도 잊지 않고 그리워하고 있다. 그 노래는,

'따뜻한 봄날 저어오는 실버들 강변에 나그네 길을 멈추게 하는 들리는 종달새야 창공 높이 떠다니는 자유스레 네 모양이… 원하노라 종달새야 그대를 그리노라.'

영리하고 잘생긴 오빠다.

(중략)

초등학교 5학년 7월 휴전 반대 데모하러 물치비행장에 양양군민들과 갔는데 태극기를 네 귀에 들고서 나도 들고 앞에 섰다. 그때 이승만 박사가 비행기에서 내려서 연설을 하는데 산에 나무가 없어 벌거숭이라고 하면서 나무를 심으라고 한 것이 기억난다.

무용 지도는 김순이 선생님이셨고 낙하산부대에 위문공연을 하였는데 생전 처음 보는 맛있는 음식과 통조림, 갖가지 과자 등 후한 대접을 받았다. 속초에 가서는 제1군단장 행사에 양양의 각 학교 공연 때도 〈꽃과 나비〉, 〈견우와 직녀〉로 참석하여 많은 박수갈채를 받았다. 나는 늘 주인공을 했는데 무용복이 참 아름다웠다. 계속 사진을 찍느라고 후레시를 터트렸는데 사진이 한 장도 없으니 지금 이 뚱뚱한 모습으로 그랬다고 하면 안 믿을 것 같아 화려했던 옛날

이 그립고 쓸쓸하다. 6·25 전 학교 다니다가 그만둔 애들도, 나는 그들을 몰라보는데 나를 알아보곤 '의기야, 너는 공부 잘하고 무용도 잘했지' 하면서 반가워한다.

5학년에서 6학년 올라가는 졸업장에서도 우등상 대표로 고재천, 5학년 총대표는 나를 부르곤 했다. 졸업식 날 중학교 합격 발표가 왔는데 합격은 나와 윤정숙(걸음뛰기 특기생)뿐이었다. 집에서는 못 가게 하였는데 시험에 붙으니 할 수 없이 보내주었다. 중학교 입학식 날 새 교복을 입고 희망에 부풀었던 때를 생각하니 항상 그때가 그리워진다.

우리 윗학년까지 남녀공학으로 A, B반밖에 없었는데 우리 때는 신입생이 몰려서 남 C반 여 D반이 같이 1년 동안 공부하였다. 교실이 모자라서 임시 천막 안에서 공부했는데 어느 날 월사금을 못 내서 오빠에게 야단 듣고 밥도 안 먹고 울면서 창고 교실에 있는데 어머니가 아무 말 없이 책상 위에 빵을 놓고 저만큼 가시는 게 아닌가.

중2 때 셋째 언니 결혼하고 올케는 첫 애를 낳았는데 내가 한약과 호박을 사돈집에 갖다주었다. 그 시절 김순옥과 친하게 지내며 순옥이가 클럽을 짜자해서 친구 5명이 사진도 찍고 이름은 〈리오데자네이로〉라고 했다가 선생님께 꾸중도 들었다. 1학년 때는 박기병 선생님, 2학년 때는 김용란 선생님이 담임이었고 급훈은 '아름답게 살자, 바르게 살자, 부지런하자'였고 교실에는 '용모는 마음씨에 나타난다. 용모는 깨끗이, 마음은 바르게'란 글이 붙어 있었다. 몇십 년이 지난 나의 사십대 어느 날, 선생님이 몇 년 전 돌아가셨다는 소식 듣고 인생의 허무함을 느꼈다.

(중략)

봄이 되면 보리, 밀, 감자 밭을 매고 보리, 밀, 감자를 여나르고 타작도 하는데 도왔다. 어느 해는 가뭄이 심해서 논 갈아놓은 게 바짝 말라서 오빠와 같이 흙덩어리를 쇠스랑으로 날마다 가서 부수는데 하루는 손바닥이 쑤시고 아파서 병원에 가니 손바닥 복판이 곪아서 심지를 해박기도 했다. 마음속에서는 내년에는 학교(고등학교)에 간다고 해볼까를 몇 번이고 반복하면서 꿈속에서도 학교 생각뿐이었다. 나무도 하고 건불도 긁어오고 가을이면 벼 여나르기, 마댕이질 할 때는 하루 종일 회전기를 들고 있으면 너무나 힘이 들었다. 동생은 없어도 조카들을 모두 다 내 등에 업어 키우고 집 안팎을 흙으로 뽀얗게 맥질을 하고 안 해본 일이 없이 거의 해보았다. 등잔불 밑에서 수예를 하였고 틈틈이 십자수를 놓았다. 모란에 원앙, 피리 부는 사내까지 침대보와 상보를 수놓았다. 미싱에 종옥이 후레아치마, 독고리(스웨터) 뜨개질도 하고 수시로 머리도 예쁘게 깎아주었다.

내가 두 살 터울로 내 애기를 키우려니 누가 봐주지도 않고 업고 끼고 빨래, 밥, 김장, 그릇도 닦으려니 너무나 힘들었다.

모란 침대보는 써보지도 못하고 농 속에만 넣어두었다. 그렇게 시간이 흘러갔다.

직녀에게

— 엄마의 일기 2

다시 처녀 시절을 회상해본다. 작은언니 시집 가던 날 나는 정지 밖에 나가서 나도 모르게 한없이 눈물을 흘렸다. 그렇게 한두 해가 지나고 내 나이 24세에 여기저기서 혼담이 오갔으나 내 의사와 상관없이 어른들 판단으로 어긋나곤 했다. 이십대 후반, 큰댁 오빠가 광산에 다니는 총각이 잘 생기고 월급도 많이 받는다 하여 만나보았다. 오빠가 이번엔 무조건 가야 한대서 속초에 가서 다방에 들르고 반지를 받고 약혼 사진도 찍었다. 음력 설 쇠고 잔치를 해야 좋다고 해서 음력 1월 20일로 날이 왔다. 그 후에 상평 지영 오빠가 와서 신랑이 많이 아팠고 시어머니는 신이 들려서 차려놓고 어쩌고 하는 청천벽력 같은 말을 한다. 그 후로 싫은 생각이 들고 내 몸이 쥐구멍에라도 쏙 빠져서 없어졌으면 좋겠고 도망이라도 가볼까 생각해보니 부모님 생각에 아무 노릇도 할 수 없어 눈물만 하염없이 남모르게 흘렸다.

어느덧 잔칫날이 왔다. 눈을 감고 절을 하는데 감은 눈꺼풀이 나도 모르게 바르르 막 떨리고 있는데 저쪽 신랑 쪽에서 온 친구들이 "신부가 눈을 떴다냐"라고 한다. 가마를 타고 아랫마을 트럭이 있는데 가서 신랑과 같이 트럭을 타고 가서 광산에 내리니 가마에 태우고 장난하느라고 그러는지 가마를 막 좌우로 뒤집듯이 흔들며 집에 내려놓는다.

(중략)

음력 1월 20일 결혼하자마자 차례도 혼자 차렸고 1년에 제사 5번, 추석, 동지, 설, 보름, 차례를 지냈다. 쉴 틈 없는 상황에서 아침 7시에 밥을 먹고 그때는 전기도 연탄도 없을 때라 겨울이면 5시에 나가 불을 때고 밥을 해서 도시락을 싸고 물도 두레박으로 길러다 먹었다. 빨래는 개울에 가서 맨손(고무장갑도 없던 때)으로 얼음물에 씻어야 했다. 어른만 대여섯 식구가 살다보니 빨래도 많아서 두 형제 작업복까지 씻으려면 큰 다라이에 이고 세숫대야에 들고 오가야 했다.

어느 날 빨래를 도랑에서 씻는데 어머님이 목욕 갔다 오시는 길 위에서 내려다보며 "재순이(시누이)는 밥하니?" 하길래 "예"라고 대답했다. 세숫대야에 먼저 씻어놓은 빨래를 갖고 가시려나 생각했는데 두어 발자국 내딛더니 휙 하고 찬바람나게 가는 것이 좀 이상했으나 영문을 알 수가 없었다. 빨래를 마저 씻고 이고 들고 집에 가니 시누이가 언니 밥 먹으라고 해서 빨래를 풍로 위에 앉혀놓고 쟁반에 밥을 들고 들어가려는 순간 "문 닫어!" 어머님이 악 소리를 지른다. 못 들은 척 그냥 들어가 밥을 먹으려는 순간 화롯불에 꽂혔던 불젓가락으로 내 배를 찌르듯이 휘두르며 "왜 재순이 밥하느냐고 하는데 대답 안 했어" 하길래 "예 하고 대답했는데 왜 못 들고 그러세요" 하니 이 년이 어디서 말대꾸냐고 불젓가락으로 찌르려 했다 (그때 첫 애 임신 중이었다). "개도 밥 먹을 때 안 때린대요" 하면서 밥도 못 먹고 도로 나오는데 방문을 열고 부엌의 쇠밥뚜껑을 나에게 집어던지고 풍로에서 끓는 빨래를 마당에 집어던진다.

그대로 마당에 나가서 빨래를 주워서 개울에 가서 씻는데 속은 비었고 날씨는 얼마나 추운지 마구 떨리기 시작했다. 집에 와서 빨래를 너는데도 소리치며 욕하는 소리가 들려서 방에 들어갈 엄두도 안 나고 그렇다고 아직 서먹한 이웃에 가기도 그래서 집 뒤벽에 붙어서 먼 산을 바라보며 떨다가 늦게 들어왔다. 남편 아니, 그 누구에게도 말 한마디 할 수 없는 이 환경이 서러웠다.

임신을 하여 입덧을 해도 어느 누구도 애 가진 걸 모른 척했다. 이웃 새댁이 내게 귓속말로 집의 시어머니가 '애를 갖기는 뭘 가져' 하더라는 것이다. 입덧을 심하게 해서 종오엄마가 "새댁은 패래서 (말라서) 입이 다 삐뚤어진 것 같애"라고 하였다. 배가 많이 부르고 거의 막달이 될 때까지도 두 형제 일복 등 떨어진 걸 미싱에 고치느라고 많은 일을 하고 나면 다리가 퉁퉁 부었지만 삼시 조석과 빨래에 앉을 새도 없었다.

잊을 수 없는 음력 11월 26일. 나는 산후통을 시작해서 아픈 내색도 못하고 오랫동안 신음했다. 약방 아저씨(무허가 약방)를 데려다가 주사를 놓고 나서도 계속 헛심만 죽을 듯이 주어지고 하니깐 얼마 후에 또 약방 아저씨를 데려다가 주사를 놓고 간 후 눈이 뒤집힐 듯한 헛심과 고통 속에 아이를 낳았다. 그런데 아이는 울지도 않고 숨도 쉬지 않는 허연 남자아이로 오랫동안 피어나지도 않아 죽은 듯 갖다가 묻었다.

산후 조리는커녕 밥하느라고 불을 때면 어머니는 하루 종일 어디 가서 놀다가 나타나서 막 욕을 한다. "니가 무슨 애를 낳았니. 저 년은 X이 어때서 애를 그렇게 낳느냐고 동네 양반들이 흉볼 게 아니여. 내가 다 부끄러워서…. 저런 년은 시래기죽을 끓여준다는데…."

산후 사흘째 되던 날 여기 분교 선생으로 있는 집안 오빠가 오셔서 너의 오빠가 돌아가셨다고 한다. 친정어머니가 알려주기만 하고 바람 쐬고 오지 말라고 당부하시길래 그이만 가고 내가 방에 있는데 어머님이 "너도 가지 왜. 가서 맛있는 것도 먹고" 하신다. 하도 어이가 없어서 가만히 있는데 또 욕을 하기 시작한다. "걔가 가서 어디 띠끔만 해봐라. 내가 가만 안 둬" 하면서 아들이 저런 년을 때려주지도 않는다고 하니 구정물 가지러 온 할머니가 듣고 기가 막힌지 "어머, 때려주면 어떡해"라고 하신다. 그날부터 빨래를 씻어오기 시작했다.

남편은 하루에 3교대로 출근하다가 2교대를 하는데 밤에 일하러 가면 낮엔 나무하러 가거나 그렇지 않음 밤과 낮으로 신혼방인 우리 윗방에 모여서 거의 매일 밤 화투를 하면서 국수를 삶아오라는 등 심부름을 시켰다.

어느 날 밤이 깊도록 화투를 하길래 속으로 내일 아침은 시동생이 1번이라 아침 일찍 밥을 해야 하는데 아랫방에서 아무리 잠을 청하려고 해도 시끄럽고 자욱한 담배 연기로 속이 상하던 참이었다.

"이봐. 가서 빵 좀 사와."

남편 말에 들은 척도 않고 누워 있었더니 누가 가서 사왔는지 먹고 다들 간 다음에 시동생이 '빵 잡수세요' 하니깐 그이가 '그만 둬' 하고 소리치더니 막 때리기 시작한다. 나는 맞고는 더 이상 못 산다고 판단했다. 옷 몇 가지를 가방에 넣어 가지고 간다고 하고 떠나오면서 그래도 붙잡으러 오나 하고 몇 번이고 뒤돌아보았다. 무섭기도 하고 오면 못이기는 척 따라가야지 했으나 아무것도 보이질 않으니 무인지경에 새소리만 들리는 밤거리를 걸어서 상평지서 앞까지 왔다. 지서 앞 불이 환해서 붙잡힐 것 같아서 못 가고 지서 뒤 언덕 밭 위에서 하염없이 눈물로 밤을 샜다.

날이 새고 상평 고개를 넘으면서 여기 떨어져 죽을까 하고 생각하다가 내가 살아온 얘기를 해야겠다 싶어 양양읍에 있는 큰댁 오빠랑 형님께 자초지종을 말하였다. 며칠 후에 홍천에 있는 언니가 와서 같이 가자고 하여 따라갔는데 단칸방이라 있을 수가 없었다. 전부터 그리던 이모님과 이종사촌들이 사는 신앙촌으로 주소도 모르고 버스를 타고 서울로 무작정 찾아갔다. 신앙촌에 내려서 양양 도화리에서 딸 셋 데리고 온 집을 수소문하던 중 누가 저 집이라고 가르쳐주어서 찾아가 이모님을 뵈니 내 행색을 보고 '주여!'를 부르면서 나를 붙잡고 둘이서 한참을 울었다.

나는 그곳에서 편물기계를 놓고 옷을 짜는 충청도에서 온 처녀랑 공장에서 먹고 자며 머물렀다. 그 아가씨가 옷을 짜놓으면 나는 꿰

●

매는 일을 하는데 언니가 편물 짜는 법을 알려준다고 하여 한 달이 흘러갔다. 후에 들은 말인데 교회를 안 나간다고 말이 많아서 집에서 못 자고 공장에 가서 잤다. 이모님이 인천 부흥회 가자 해서 따라갔는데 박 장로가 몇 시간을 설교하는데 배고픈 생각밖에는 아무것도 귀에 들어오지 않았다. 어두워서야 집에 오니 세상에 그렇게 배고파보기는 처음이었다.

양양 언니가 오라는 편지를 보내와서 홍천에 있는 언니 집엘 갔다. 아침 밥상에 반찬이 너무 많고 잘 장만하여서 물었더니 그날이 내 생일이었다. 언니가 잊지 않고 생일을 챙겨준 것에 지금도 고마움을 느낀다. 시댁에서 나는 생일이 없는 사람이었다.

형부와 같이 양양읍에 오니 남편이 와서 같이 광산에 갔다. 바로 음력 7월 7일 칠석날이었다. 내가 학교 다닐 때 〈견우와 직녀〉 무용을 학예회 때나 위문공연 등 많이 했는데 칠석날 다시 남편을 만난 것이 우연이 아닌 것처럼 생각되었다.

다시 장승리 광산으로 돌아왔다. 신기한 것은 몇 달이나 집을 나갔는데도 어느 누구도 어딜 갔는지 무얼 했는지 묻질 않는다는 것이다. 내가 집 나가고 후에 듣기로 서지 큰댁 할아버님이 오셔서 며느리한테 못되게 굴었다고 불호령을 내리며 시어머니 눈물을 쏙 빼놓았다는 것이다. 나는 그렇게 돌아와 애기 셋을 두 살 터울로 낳고 여전히 시집살이를 했다.

여기서 엄마의 노트를 덮는다. 이루 말로 표현하기 어려운 내용들이 많았다. 그 모든 것을 기억해서 하나하나 적어내려갔을 엄마, 언젠가 더 이상 골이 아파서 적기 힘들다며 삶은 찰나여서 즐거운 기억만 가져가고 싶다고 하신다.

엄마에게 즐거웠던 적은 언제였을까. 수많은 사람들 앞에서 직녀가 되어 예쁜 무용을 선보이던 그때가 아니었을까. 운명처럼 만난 견우는 이제 저 먼 은하수에서 오작교를 놓고 기다리고 있을 것이다. 직녀에게 마지막으로 견우가 남긴 말은 '수고했어. 고마워'였다.

신은 모든 곳에 있을 수 없기에

철산교회, 캔버스에 유채, 10F

장승리엔 성당과 교회가 있었다. 다시 찾아갔을 때 성당은 폐허의 건물로 변했는데 교회는 아직도 운영되고 있었다. 귀촌하거나 그곳에 아직 살고 있는 사람들이 다니는 듯했다. 1956년 지어진 이 철산교회는 광산의 모든 번영과 쇠락을 묵묵히 지켜온 산증인이다. 한때 장승리의 굳건한 철처럼 사람들의 신앙생활을 이끌었다. 교회 앞에 200세대 넘던 사택들은 사라져 거대한 풀밭으로 변했다. 사택과 달리 폐광의 썰물에도 아랑곳않고 교회가 변함없이 그 자릴 지켜주는 것만으로도 무척 고마웠다. 교회 마당엔 커다란 종탑이 있어 울려보았다. 댕그렁~ 종소리는 깊고 아늑한 위로처럼 가슴에 울려 퍼졌다. 그 소리를 들으며 교회로 뛰어가던 아이가 떠올랐다.

　나는 교회에 다니지 않았지만 대개 아이들이 그렇듯 성탄절이나 특별한 날엔 교회엘 갔다. 과자를 주었기 때문이다. 할머니는 교회에 못 가게 하면서 꼴망태라 불리는 무당집을 자주 찾았다. 집에 대감을 모시며 텃제사를 지내는가 하면 식구들이 아프거나 무슨 일만 있어도 무당을 불러다 굿을 했다. 그럴 때면 엄마는 직접 시루에 떡을 찌고 모든 음식을 장만해서 차렸다. 엄마가 쓴 일기에 이런 대목이 있었다.

　— 삼촌이 가려우면서 아파서 굿을 했다. 밤새도록 굿을 하는 도중, 갖은 일을 혼자서 다 하는데 시아버님이 무당한테 실렸다. 나한

●

63

테 오라고 해서 갔더니 '불쌍하다'고 하면서 통곡을 했다. 순간 나도 모르게 소리내어 막 울었다.

한번도 본 적 없는 시아버지가 어떻게 알고 불쌍하다고 했을까. 아무도 알아주지 않고 고생한 세월이 주마등처럼 스쳐갔을 터였다. 그러고 보면 신이 없다고 단정할 수도 없는 노릇이다.

엄마는 다리만 안 아프면 절이나 교회를 가고 싶다고 말하곤 했다. 그러나 이제 관절이 닳아 걷기도 힘든 엄마는 어디 나가지도 못하고 당신의 지난한 삶을 기록으로 남겼다.

절엔 법문이, 교회엔 성경이 있다. 사랑의 가르침을 실천하는 일은 모든 종교의 덕목이다. 신은 모든 곳에 있을 수 없기에 어머니를 만들었다는 말이 있다. 유대인에게 전해오는 격언이다. 내겐 어머니라는 종교가 있다.

제2장
너를 보면 가슴에 비가 내린다

한 그루 모란, 한 포기 작약처럼

작약, 캔버스에 유채, 10M

개심사 대웅전 뜰에 핀 모란을 휴대폰 액정에 담아서 자주 들여다본다. 꽃이면서 나무인 모란은 화려함의 절정으로 저 홀로 붉다. 누구나 절정의 시간을 지나오면 고목이 되고 그 시간을 돌아보면 마음만 푸르게 그 자리에 있다. 그리고 엄마….

엄마라는 말은 입이 다물어지지 않는 모음처럼 내겐 영원한 그리움의 진행형이다.

무용으로 전국 무대에 섰던 어린 엄마, 시골 유일의 교복을 입던 여중생 엄마, 고등학교 가보는 꿈을 못 이룬 엄마, 이십대 청춘을 농사일 도우며 밤마다 모란 수를 놓았던 엄마, 광부의 아내, 종갓집 맏며느리로 살면서도 모란 같은 함박웃음을 터트리던 엄마가 떠오른다. 그러나 단 한번도 모란 자수 침대보를 써보지 못한 채 딸에게 물려주었건만 딸은 이삿날 그 모란 자수 침대보를 잃어버렸다. 모란 침대보는 주인을 잘못 만나 허리도 못 펴고 단잠에 들지도 못한 채 어디를 떠돌고 있을까.

개심사에 모란이 지고 나서 송정암이란 암자를 갔을 때 대웅전 올라가는 계단 한쪽 구석에서 하늘거리는 꽃송이들을 발견했다. 바람이 불었고 꽃송이들은 꽃잎을 젖힌 채 웃고 있었다. 그 웃음은 내가 잃어버린, 엄마의 침대보에서 보던 그것과 똑같았다. 꽃 모습은 똑같았지만 이름은 작약이라 했다. 모란이 엄마라면 작약은 나처럼 가녀린 모습이었다. 피리를 불듯 작약이란 말을 불고 또 불었다. 그

●

때 쓴 시가 「모란이 가면 작약이 온다」였다.

나는 작약일 수 있을까,

문득 작약이 눈앞에서 환하게 피다니

거짓말같이 환호작약하다니

직박구리 한 마리 날아간 허공이

일파만파 물결 일 듯

브로치 같은 작약 아니

작약 닮은 앙다문 브로치 하나

작작 야곰야곰 피다니

팔랑, 바람이 불어올 때마다

작약은 귀를 접는다

그리운 이름일랑 죄다 모아

저 귓속에 넣으면

세상의 발자국도 점점 멀어져

나는 더 이상 기다리는 사람이 되지 않으리

산사에 바람이 불어

●

어떤 바람도 남지 않듯

— 시「모란이 가면 작약이 온다」전문

모란은 나무고 작약은 풀이지만 둘은 닮았다. 꽃만 보아서는 구분이 쉽지 않지만 모란이 먼저 피고 작약이 나중에 핀다. 부귀영화를 뜻하는 모란은 그 황후 같은 자태로 많은 사랑을 받아왔다. 한 땀 한 땀 모란을 수놓으면서 청춘의 엄마는 무슨 생각을 했을까, 아마 황후는 아니어도 행복한 보금자리를 꿈꾸었을 것이다. 그러나 현실은 꿈과 달리 혹독한 시집살이를 감내해야 했다. 나는 엄마처럼 살지는 않겠다고 입버릇처럼 되뇌곤 했다. 시간이 흐르고 보니 내 삶의 많은 부분에서 엄마의 그늘을 생각하게 되었다. 그때 운명처럼 시가 찾아와주었다. 이제 세상의 소음을 닫고 마음의 귀를 열어 작약 봉오리처럼 단단한 시를 써야겠다는 다짐을 한다.

한계령을 넘어갈 때

한계령, 캔버스에 유채, 15F

한번도 강원도를 떠나 살아본 적 없지만 영동과 영서를 오가며 살았다. 강원도의 동쪽과 서쪽을 가르는 기준은 대관령 혹은 한계령, 구룡령 등 이름을 가진 고개들이다. 영동고속도로가 왕복 이차선이던 시절 길이 막히면 한계령이나 구룡령 쪽으로 우회했다. 태어난 양양보다 대학을 다닌 춘천, 이후에 살게 된 원주는 확실히 서울과 가까운 탓인지 말씨가 보드랍고 뭔가 세련되었다. 확실히 고개 좌우로 말씨도 다르고 정서나 생각도 다르다는 것을 양쪽을 오가며 터득했다.

가족도 모르는 가출을 한 적이 있었다. 여고 2학년 때였다. 처음으로 터미널에서 춘천 가는 버스표를 끊었다. 수련회 때 사임당교육원서 만난 춘천에 사는 친구 이름과 전화번호만 믿고 용감하게 버스를 탔다. 어디론가 떠나지 않으면 견딜 수 없던 일탈의 봄날이었다. 혼자서 버스를 타고 춘천으로 갈 때, 내 눈에 비친 한계령이 압도적으로 다가왔다. 아직 녹지 않은 눈과 옆으로 누운 비탈의 나무들과 절벽들이 호위병처럼 나를 노려보는 듯했다.

춘천에 도착해 친구를 만났다. 다행히 내가 가출한 걸 모르는 친구의 가족은 따뜻하게 맞아주었다. 그들의 말씨는 서울말처럼 부드러웠다. 친구는 내가 북한 사투리를 쓴다며 웃었다. 춘천은 강원도여도 확실히 말의 온도가 달랐다. 그때 친구 언니가 안내해준 공지천과 춘천의 풍경들, 거센 동해의 파도만 보다가 잔잔한 호수가 던지는 파문이 제법 컸다. 그 때문인지 국립대만 보내준다는 부모님께 나는 망설임 없이 춘천으로 가겠노라고 말씀드렸다. 한계령을 넘어 세 시간 넘게 걸리는 춘천이었지만 한계령의 절경은 아무리 보아도 질리지 않았다.

원주에 정착해 살면서도 고속도로보다는 한계령이 좋았다. 고개만 넘으면 바로 양양이라는 안도감 때문이었다. 단풍철엔 일부러 가까운 영동고속도로 대신 국도 따라 한계령을 넘기도 했다.

어느 해 봄이었다. 나이 든 엄마는 여기저기 안 아픈 데가 없고 이것저것 좋다는 식품을 싸들고 양양을 다녀오는 길이었다. 늦은 오후였고 날이 잔뜩 흐렸다. 마치 내 마음 같았다. 영동고속도로가 밀린다는 검색 결과만 보고 한계령 쪽으로 향했다. 오색을 지나올 무렵 갑자기 눈발이 하나둘 날리기 시작했다. 차를 돌릴까 했지만 별일 없겠지 그냥 오르기로 했다. 그런데 심상치 않은 날씨에 불안한 마음이 들기 시작했다. 아니나 다를까 차츰 눈발이 거세어지더니 금세 도로를 하얗게 덮는 것이었다. 처음엔 엄마 무릎 걱정하던 나는 고갯길을 무사히 넘을 수 있을까 하면서 초조해지기 시작했다.

— 이 봄에 웬 눈? 멈추면 끝장이야. 어쩌지?

속으로 마음을 다잡았지만 미친 눈발의 한계령 고갯길, 날까지 어두워지고 있었다. 핸들을 잡은 손에 땀이 나기 시작했다. 코너를 돌면 바퀴가 살짝 밀리는 아찔한 순간도 있었다. 한계령이 이렇게 구절양장이었던가, 가도 가도 정상은 보이지 않고 어느새 도로에 눈이 하얗게 쌓여갔다. 멈춰서 체인이라도 쳐야겠지만 체인도 없고 멈추는 순간 고갯길을 올라가지 못할 거란 생각이 들었다. 저단 기어에 놓고 하염없이 고갯길을 가는데 희미한 백미러 사이로 문득 지나온 길에 까만 실뱀 하나가 나를 따라오고 있었다. 바퀴자국이었다. 나도 모르게 기도하고 있었다. 제발!

마침내 무사히 정상에 올랐을 때 나는 차를 세웠다. 그리고 병풍처럼 에워싼 절벽들을 바라보았다. 거기서 나는 엄마를 보았다. 엄마는 이미 산으로 와서 나를 품어주었고 덕분에 무사히 이 자리에 있다는 안도감이 밀려왔다.

내 얼굴은 철없는 홍조인데/ 당신은/ 검버섯 버덩 얼굴을 하고 있다// 내 가슴엔 작은 둔덕 하나 버거운데/ 당신 가슴엔 온통/ 비바람에 깎인 절벽들// 수화기 너머 당신 목소리는/ 애써 맑은데/ 찾아가면 흐린 날 무릎처럼/ 산이 울고 있다// 사는 일로 춥고 덥고/ 헝겊 같은 마음이 나부낄 때/ 예보만 믿고 덜컥 고개를 오르면/ 미쳐버리고 싶은 이 봄날 아는지/ 비였다가 눈이었다가 진눈깨비였다가/ 하얗게 똬리 튼 실뱀이/ 바퀴에 감겨 따라온다// 엄마의 전생을 넘어간다

— 시 「한계령」 전문

— 엄마, 잘 왔어요. 약 잘 드시고 주무세요.

●

73

집에 도착한 나는 아무렇지 않은 척 엄마에게 전화를 했다.

지금도 한계령은 마음의 한계를 넘어 영 너머 우뚝 존재한다.

엘리제를 위하여

초등학교 앞 구멍가게. 간판도 없이 문구류며 온갖 물품들을 팔았다. 아버지가 장판을 깔아 손수 만든 평상이 있어 오가는 이들이 쉬기도 했다. 아이들이 두고 간 우산이나 신발가방을 올려두기에도 좋았다. 산골에서 읍내로 이사 나와서 아버지는 목수 일을 했고 엄마는 외판원을 하면서 가게를 꾸렸다. 처음엔 과자나 불량식품을 실컷 먹을 수 있어 좋았는데 일이 바쁜 엄마를 대신해 동생과 내가 가게를 보는 일은 고역이었다.

오빠는 외지에 진학해 집에 없었고 동생과 나는 오전과 오후로 나누어 가게를 보았다. 남동생과 가게를 나누어 보다보면 티격태격 하기 일쑤였다. 대부분 시간의 룰을 어기는 데서 비롯되었다. 한참 친구들과 뛰어놀 나이에 구멍가게를 보는 일은 갑갑하고 친구들 시선처럼 부러워할 일은 아니었다.

어느 날 동생이 보충수업이 있어 학교를 간다고 해놓고 종일 놀

평상이 있는 구멍가게, 캔버스에 유채, 10F

다가 집에 온 모양이었다. 엄마는 가게에 들어서는 동생에게 '학교에서 너 보충수업 안 왔다더라' 하니 동생이 핑계를 대려는 순간 엄마가 회초리로 동생을 세차게 때렸다. 엄마는 살면서 거짓말하는 것을 제일 싫어했다. 광산 살 때 나도 목욕탕 간다고 해놓고 다른 데 가서 놀다가 목욕탕 다녀왔다고 하니 마루에 서서 회초리를 맞았던 기억이 있다. 그것은 시집살이하면서 할머니가 온갖 거짓말로 엄마를 모략하고 뒤스르던 날들의 아물지 않은 상처라는 걸 나중에야 알았다. 엄마는 그날 동생에게 회초리를 든 것에 대해, 얼마나 아팠을까 하고 지금도 가슴 아파하신다.

나랑 동갑인 사촌 D가 우리 집 살 때 엄마는 자식들에겐 옷 한 벌 못 사줘도 사촌에겐 내복을 사다 입히니 그제서야 할머니가 '우리 애들도 못 입히는데…' 하더라는 이야기를 노트에 써놓았다. 남에겐 한없이 베풀면서 자신에겐 엄격한 엄마였다. 가게 돌보며 아무리 바빠도 누가 오면 밥상을 차려주고 마실 것을 주었으며 여비까지 챙겨주던 엄마. 어느 날 보니 엄마가 팬티를 몇 군데나 헝겊으로 기워입는 걸 보고 내가 몰래 갖다버린 적도 있었다. 엄마는 가게 검은 봉지 하나 허투루 버리지 않고 재활용했다.

엄마의 봉이었고 다리였던 검은 봉지/ 한때 구멍가게를 지탱하던 엄마의 봉다리/ 차곡차곡 귀 접고 모서두었다가/ 새 봉지 대신 손님에게 내어줄 때// 그깟 봉지 얼마나 한다고// 엄마의 봉다리가 늘어날 때마다 볼멘

●

소리도 커져갔다 구멍 속에 던져 불사르고 싶던 봉다리들 아지랑이가 너도 놀고 싶지 속삭일 때 가게에서 몰래 울던 열두 살 어느 날 불쑥 봉다리가 말했다 너를 키운 건 팔 할이 봉다리였다고 이후 나는 봉 대리도 되지 못했으나 엄마의 봉다리들 끈질기게 살아남아// 엄마라는 보살이 거기 있어// 고향 다녀오면 바리바리 봉다리/ 여전히 죽지 않는 봉다리/ 장터에서 웃다가 마트에서 눈치보는 봉다리/ 언젠가 사라질 운명 같은 상복들// 곧 썩지 않는 미래가 당도할 것이다

— 시 「엄마는 봉다리라 불렀다」 전문

중3 고3이 되어도 공부는커녕 가게를 돌봐야 했고 큰방에 모여 자던 식구들 몰래 형광등 켜고 공부라도 할라치면 피곤한데 얼른 불 끄고 자라는 소리를 들어야 했다. 나 고3이라구요 꿈 속에서 외쳤다. 학원을 다닌다는 것은 사치였다. 건너편 이모 댁에 피아노가 있었다. 나는 매일 언니한테 가서 피아노를 가르쳐달라고 졸랐다. 엄마는 할 수 없이 이모네 언니에게 용돈을 주며 피아노를 배우게 했다. 드디어 나는 그토록 원하던 베토벤의 〈엘리제를 위하여〉까지는 칠 수 있었다.

학창시절 그림을 잘 그렸다. 따로 배우지 않아도 그림은 재미있었다. 순정만화 주인공을 그대로 따라 그리면 친구들이 종이를 들고 와서 줄서곤 했다. 그림대회에 나가 상도 종종 받았다. 그러나 시골에 미술학원이 없어 그림으로 대학 간다는 것은 꿈도 꿀 수 없

었다. 학교 대표로 포스터를 그려야 했는데 밤새 그리다 깜박 잠들었던 모양이었다. 아침에 일어나보니 물이 엎질러져 애써 그린 그림이 번져서 알아보지 못할 지경이었다. 나는 엉엉 울면서 학교에도 가지 않았다. 엄마가 선생님을 찾아가 자초지종을 말씀드린 후에야 학교를 갔던 기억이 난다.

오빠를 당시 강릉에 있는 비평준화 명문고에 보내기 위해 엄마는 어떤 투쟁도 마다하지 않았다. 동생과 나는 양양을 지켰다. 엄마는 어려운 살림 형편에 자식 셋을 모두 4년제 대학을 보냈다. 오빠는 대기업에 들어가 건설 현장을 누볐고, 세뱃돈 줄 때까지 엎드려 안 일어나던 꼬맹이 동생은 커서 시중 은행 지점장을 거쳐 그룹장으로 일하고 있다. 그제서야 남들이 엄마가 복 많은 사람이라고 부러워들 하지만 나는 엄마 덕분에 우리가 복 많이 받았음을 고백하지 않을 수 없다.

비록 어린 것들에게 어쩔 수 없이 가게를 맡기기도 했지만 누구보다 열심히 살아온 의기 여사, 엄마를 이제는 이해하고 사랑한다고 말하고 싶다. 사춘기 딸의 외로움을 전혀 돌보지 않았던 엄마였다. 중2 때까지 부끄러워 생리대나 브래지어 사달란 소리도 못했던 나지만, 속초 이모가 우리 엄마였음 좋겠다고 말한 철없던 나지만, 다정함에 그리도 목말랐지만, 강인하게 삶을 헤치고 정직하게 살아가야 한다는 것을 양양의 의기 여사로부터 배웠고 또 그렇게 앞으로도 의기양양 살아갈 것이다.

●

책 읽는 다락방 소녀

책 읽는 소녀, 캔버스에 유채, 10M

폐교에 가면 한번쯤 만나는 동상이 있다.

문막 모두골이란 동네에 가면 폐교를 단장하여 연극배우들이 공연장으로 쓰는 공간이 있는데 거기서 나는 소녀를 만났다. 이끼와 먼지에 둘러싸여 발목 하나를 잃은, 소녀를 보는 순간 다락방에 올라가 시간 가는 줄 모르고 책을 읽던 한 소녀가 떠올랐다.

열한 살 때 산골에서 읍내로 전학온 나는 친구가 별로 없었다. 초등학교 앞에 구멍가게를 차린 엄마가 가끔 가게를 보라고 부르면 도망가던 장소가 다락방이었다. 온갖 잡동사니와 함께 그곳에 있던 동화책 한 질, 지금은 사라진 출판사, 계몽사가 펴낸 소년소녀 세계명작 전집이었다. 빨간 표지에 흑백 그림, 글씨도 깨알 같은데 그 속의 이야기는 어찌나 재미있던지 한번 잡으면 빠져나올 수 없는 미로 같았다. 그리스 로마 신화, 북유럽 동화, 소공녀, 소공자, 15소년 표류기 등 세상의 신기하고 멋진 것들이 진수성찬처럼 차려진 책 속에 푹 빠졌다. '사람은 무엇으로 사는가'와 같은 톨스토이나 신비한 '라푼젤' 그림형제 동화도 그곳에서 만나 사랑에 빠졌다. 읽고 또 읽었다. 내 평생 독서의 팔 할은 그 다락방에서 이루어졌다고 해도 과언이 아닐 것이다.

종갓집 살림하랴, 가게 보랴, 외판원 일을 하랴 엄마는 가끔 원인 모를 병을 앓기도 했다. 그럴 때면 할머니가 무당을 불러 굿을 했다. 무당이 흔드는 방울 소리가 찌렁거리고 북이 둥둥 울리면 나는 다락방에서 쪼그리고 앉아 있었다. 그래도 무섭지 않은 건 내 손에 책이 있었기 때문이었다. 빨간 표지는 부적처럼 내 안의 두려움을 몰아내주었다. 주인공들은 어떤 역경에도 좌절하는 법이 없었다. 아무리 힘들어도 재투성이 신데렐라보다 나았고 더구나 내 엄마는 계모가 아니지 않은가.

엄마는 우리가 어려서부터 책을 사주었다. 아무리 쌀이 떨어지고 입을 옷이 없어도 할부로라도 책을 들여놓았다. 책을 읽고 싶어도 책이 없어 읽지 못한 엄마, 중학교 마치고 고등학교 가고 싶어도 가지 못한 엄마였다. 당신의 못다한 학구열을 고스란히 누린 나는 행운아였다. 단언컨대 나는 엄마가 사준 '마음의 양식'을 먹고 지금의 작가가 되었다. 한글도 모르고 초등학교를 갔지만 2학년 때 담임 선생님이 내 일기를 보고 신문에 낸다며 칭찬하는 걸 보고 엄마는 두고두고 뿌듯해하셨다.

뜬금없이 엄마에게서 전화가 온다.

"세종 임금이 만든 물시계 이름이 머여?"

"측우기요. 또 퀴즈 푸세요? 하여간 엄만 못말려."

엄마는 군청 소식지 한 켠에 있는 가로세로 낱말 퀴즈를 푸는 중이다. 어떻게든 정답을 맞춰 응모해서 피자나 자전거에 당첨되는 게 엄마의 목표다. 실제로 자전거를 타오기도 했다. 어릴 때 한번도 결석 않고 십 리 길을 꼬박 걸어서 눈이 오나 비가 오나 학교에 가서 책장을 펼칠 때가 당신 삶에서 가장 빛나던 순간이었음을. 엄마는 군청 소식지 지면을 하나도 빼놓지 않고 읽는다. 돋보기를 쓰고 아직도 책을 읽고 삶의 지식, 아니 지혜를 하나도 놓치지 않고 노트에 빼곡하게 적어놓는다. 그 노트가 서너 권이 넘는다.

다락방 창을 통해 쏟아지는 햇살처럼 빛나던 독서의 시간을 지나오면서 무한한 상상의 날개를 펴고 글을 쓰는 작가를 꿈꾸었던 것 같다. 이제 그 책들은 빛이 바래고 다락방도 존재하지 않지만 나는 여전히 골방에서 활자가 속삭이는 목소리를 듣는다.

발목을 하나 잃었어도 소녀여, 그곳에서 행복하여라. 책장을 열어 그 속의 더 큰 세상을 만날 수만 있다면, 마침내 독서가 양식이 되고 알곡처럼 쌓여 세상에 하나씩 싹틔울 수만 있다면, 세상의 모든 어린이가 책을 통해 꿈을 펼칠 수만 있다면, 그래서 세상이 더 지혜롭고 밝아질 수 있다면. 하나 남은 발목을 딛고서라도 그곳에서 부디 행복하기를….

너를 보면 가슴에 비가 내린다

─ 너를 보니 내 가슴에 비가 내린다.

18개월된 딸을 데리고 둘째를 낳으러 친정에 갔을 때였다. 내가 무언가 대수롭지 않게 시댁에 관한 말을 했을 때 엄마의 그 표정이 잊혀지지 않는다. 그리고 이렇게 말했다. 그날 엄마는 가슴에 비가 내린다는 말이 무엇인지 알 것 같다고 했다.

아직 아기인 첫째가 밤마다 울고 보채서 업고 달래느라, 둘째를 낳고도 몸조리를 한다는 건 사치였다. 구멍가게를 돌보며 고단한 엄마에게 산바라지를 마냥 맡길 수만은 없어 움직였더니 붓기가 빠지지 않았다. 호박물을 달여먹을 겨를도 없었다. 연년생 아기 둘을 돌보는 일은 전쟁과도 같았다. 어떻게 한 달이 지났는지 모르게 시간이 흘러 친정을 떠나오는데 11월 스산한 비가 내렸다. 밀리는 고속도로를 피해 구룡령을 넘었다. 눈은 차창 너머 첩첩 산봉우리를 보고 있지만 흐려서 하나도 보이지 않았다. 울고 있었기 때문이었

●

엄마의 호박꽃, 캔버스에 유채, 2F

다. 옆에서 남편이 속도 모르고, 엄마랑 헤어지는 게 슬퍼서 우냐고 했지만 가슴에 비가 내린다는 엄마의 말을 내내 생각했다.

이후로 아무리 힘든 일이 있어도 엄마에게 속을 털어놓지 않았다. 엄마에게 무지개만 보여드리고 싶었다. 비는 내 가슴에만 내려도 되는 거였다.

딸을 둘 낳고 기르면서 엄마 마음을 알아가게 되는 것 같다. 엄마의 단골 레퍼토리, 너 같은 딸을 낳아 길러보라던 말 그대로 딸들을 키우며 철들어가니, 삶은 체험에 의한 깨달음인 것이다.

꽃과 식물을 좋아하는 엄마였다. 누군가 버린 화초도 엄마의 손을 거치면 생생하게 살아났다. 꽃다발 속 꽃양배추를 화분에 그냥 꽂아도 꽃이 만발했다. 어느 날 엄마가 뒷마당에 먹고 남은 복숭아 씨앗을 묻었다는데 그 자리에서 복숭아 나무가 자라기도 했다. 해마다 거짓말처럼 천도복숭아가 달렸다. 붉게 익으면 하나둘 따먹는 재미가 쏠쏠했다.

옥상은 엄마의 화원이자 텃밭이었다. 스티로폼이나 화분에 온갖 채소와 꽃들을 심어놓았다. 다리가 아픈 엄마는 큰 고무대야에 빗물을 받아놓았다가 옥상의 식물들에게 주었다. 채송화, 맨드라미, 국화, 차조기, 고구마, 깻순, 부추, 토마토, 호박 등 서로 얽히고 설켜도 옥상 한가운데 서로를 의지한 채 나름 질서를 유지하는 엄마의 공간, 나는 아침이면 옥상에 올라가 이들을 살폈다. 천사의 나팔 같은 호박꽃이 환하게 웃고 있다. 휴대폰으로 이리저리 그 표정을 담는 일이 내게는 또 하나의 즐거움이다. 돌아와서 엄마가 가꾼 호박꽃을 주인공으로 그림을 완성했다. 작은 2호 캔버스에 담아 엄마에게 보여주었다.

"어쩜 이리 호박꽃이 예쁘다냐. 백점 만점이다."

엄마가 아주 마음에 든다며 활짝 웃는다. 작은 그림 하나 안겨드렸을 뿐인데 엄마가 이토록 좋아라 하니 내 손으로 만든 무지개가 화폭에 마법처럼 피어나는 순간이었다. 양배추에 놀러온 여치도 그리면서 문득, 작은 꽃씨 하나도 소중하게 가꾸는 엄마, 그 함박웃음을 오래도록 보고 싶다는 생각을 했다.

●

설송, 언제나 그 자리에 푸른

히말라야시다, 캔버스에 유채, 10M

『아낌없이 주는 나무』라는 동화책이 있다. 쉘 실버스타인이 지은 그림책으로 인생의 참된 가치가 무엇인지 알려주는 역작이다. 나는 나무가 좋았다. 나무의 마음을 몰라주는 소년이 야속했고 언제나 나무 편이었다. 그때부터였을까, 나무가 내게 말을 걸어온 건….

1980년 11월 24일 월요일.

어떤 숫자는 세월이 흘러도 기억 속에 또렷이 각인된다. 그날은 열한 살 내가 전학온 날이었다. 면 소재 학교를 다니다 읍내 초등학교로 전학온 나는 잔뜩 주눅이 들어 있었다. 종이 울렸고 아이들이 일제히 운동장으로 나갔다. 시골 학교와는 비교도 안 되게 아이들이 많았고 운동장에 꽉 찼다. 그날 운동장 조회는 기억나지 않지만 교장 선생님의 긴 훈화가 있었다. 지루해진 나는 수다떨 친구도 없어 운동장을 둘러보았는데 그때 한 그루 나무가 눈에 들어왔다. 어린 눈에도 나무는 거대한 화살표 같았다. 하교 후 혼자 나무 그늘 아래 앉아 있었다. 외로움을 숨기기에 그만이었다. 나무에는 설송 雪松이란 이름표가 있었다. 교목이었다.

이후 2년을 더 초등학교를 다니다 졸업했지만 나무는 늘 가까이에 있었다. 초등학교 앞 구멍가게가 우리집이었다. 횡단보도만 건너면 초등학교 정문이 있었다. 집 마당에 서면 늘 이순신 장군 동상 뒷모습이 보였고 그 옆에 설송이라 불리는, 히말라야시다가 있었다. 중학교, 고등학교를 다녀도 그 풍경은 변하지 않았다. 엄마는 그 자리에서 30년이 넘도록 구멍가게를 했다. 그때의 코흘리개들이 커서 자신의 아들딸들을 데리고 오기도 했다. 나도 어느새 두 딸을 둔 엄마가 되었다. 그렇게 딸들을 데리고 친정집을 드나들었다.

바람에 낙엽이 쓸려다니는 늦가을이었다. 나목들의 앙상함 가운데 유독 짙푸른 초록나무가 눈에 들어왔다. 낮아진 학교 담장 너머 그 나무를 보는 순간, 그 자리에 멈춰 섰다. 아이 키우랴, 직장 다니랴, 뒤늦게 사이버대 편입해 공부하랴 눈코 뜰 새 없었던 시절이었다. 그 당시 아무도 모르게, 써서 모아둔 시를 신춘문예에 응모하려던 참이었다.

무심히 지나가다 마주친 교정의 나무 한 그루, 그 짙은 그늘이 말을 걸어왔다. 시를 받아적었고 덕분에 나는 최후의 한 편을 써서 우체국으로 달려갔다. 응모 날짜가 가장 늦은 신문의 마감날 원고를 부쳤다. 크리스마스 무렵 당선 전화를 받았다. 초등학교 담벼락에 신춘문예 당선을 축하하는 현수막이 내걸렸다. 친구들, 동문들, 군수님까지 축하를 해주었다. 얼떨결에 축제의 주인공이 되었다. 나무는 단지 조용히 서서 그 모든 걸 지켜보았다. 나를 시인으로 등떠밀어준 히말라야시다, 그가 아니었으면 나는 시인이 아닌 다른 길을 갔을지도 모르겠다.

나무는 그늘 속에 블랙홀을 숨기고 있지// 수백 겹 나이테를 걸친 히말

●

라야시다 한 그루/ 육중한 그늘이 초등학교 운동장을 갉아먹고 있다// 흰 눈 쌓인 히말라야 갈망이라도 하듯 거대한 화살표/ 세월 지날수록 짙어가는 초록은 시간을 삼킨 블랙홀의 아가리다// 빨아들이는 건 순식간인지도 모르지, 그 속으로// 구름다리 건너던 갈래머리 아이도 사라지고/ 수다 떨던 소녀들도 치마주름 속으로 사라지고/ 유모차 끌던 아기 엄마도 사라지고/ 반짝이던 날들의 만국기, 교장 선생님의 긴 훈화도 사라지고// 삭은 거미줄 어스름 골목 지나올 때/ 아무리 걸어도 생은 막다른 골목을 벗어나지 못할 때/ 부싯돌 꺼내듯 히말라야시다 그 이름 나직이 불러본다

— 시「히말라야시다」중에서

고향을 갈 때마다 지나쳐가는 나무, 그러면서도 정작 나무에 대해 아는 게 별로 없었다. 나무를 떠올릴 때 하얀 눈이 생각나는 설송이라는 이름 말고는.

어느 날 엄마가 장미 문양의 솔방울을 숯부작 위에 올려두었길래 뭐냐고 여쭈었다.

"이거? 저 나무 솔방울인데, 그것도 모르고 시 썼냐? 내가 운동장 돌다가 주워온 거여. 소나무는 가을에 솔방울이 떨어지는데 이건 봄에 떨어져. 장미꽃처럼 예쁘기도 해라…."

엄마가 가리키는 곳에 히말라야시다가 쿡쿡 웃고 있었다. 운동장을 도는 엄마도, 서 있는 나무도 아프지 않고 오래 건강했으면 좋겠다.

흙먼지 날리던 운동장 대신 들어선 인조잔디 푸른 트랙 따라 한 소녀가 자전거를 타고 지나간다. 햇살이 바퀴에 감겨 빛나는 숨을 토하는 오후도 지나간다. 웃음이 그 자리에 오래 내려앉는다. 따르릉 따르릉.

●

하얀 눈사람

파도와 갈매기, 캔버스에 유채, 2F

새벽이면 아버지의 기침소리에 잠을 깨곤 했다. 아버지는 양양광업소 선광장에서 광석을 고르는 노동을 했다. 읍내로 이사 나온 뒤엔 목수로 도로공사 현장을 다녔지만 그래도 아버지는 광부로 일생을 산 노동자였다. 아버지는 전사를 챙기고 족보를 발행하고 손수 벌초를 하고 선산을 지키는 등 종가 맏이로서의 역할도 충실했다. 유년 시절의 앨범을 들추면 아버지랑 찍은 사진은 내 졸업식 때밖에 없다. 여중, 여고, 대학 졸업 때 내 옆의 아버지는 한결같이 넥타이에 양복 차림이다. 격식을 차릴 줄 아는 아버지, 그 모습처럼 반듯하게 평생을 가족을 위해 일만 하다 가셨다.

예순일곱, 자식들 기반 잡고 손주들 재롱 보며 노후를 즐겨도 될 나이에 폐암 진단을 받고 일곱 달 항암치료 받던 중 돌아가셨다. 돌처럼 굳건한 아버지에게도 울음이 있었을까? 바위에서 바스라진 모래알처럼 숱한 울음들, 어찌 없었을까마는 내가 아는 아버지의 울음은 딱 세 번이다. 두 번은 엄마에게서 전해들은 것이고 한번은 내가 처음이자 마지막으로 목격한 울음이다.

첫 번째 아버지 울음은 할머니 식도암 진단을 받고 강릉에서 양양으로 오는 버스 안에서였다. 이악한 어머니였어도 극진한 효자 아버지, 어찌나 울었는지 눈이 새빨개져서 들어오는 아버지를 엄마는 그저 말없이 맞아주었다.

두 번째로 하나뿐인 딸을 영 너머에 시집 보내던 날, 폭설이 내려

●

관광버스는 대관령을 겨우 넘었고 결혼식에 지각을 했다. 돌아오는 버스 안에서 아버지는 흐느껴 울었다. 외려 엄마가 위로해주었다고 한다.

세 번째 아버지의 울음은 내가 본 아버지의 마지막이 되고 말았다. 당신도 마지막이란 걸 알았을까, 어쩌면 드라마 장면 같고 거짓말 같은 현실을 생각하면 지금도 가슴이 무너져내린다.

청천벽력 같은 암 진단이 있고서 우린 선택을 해야만 했다. 의사가 말한 6개월이라는 절박한 생의 갈림길에서 조금이라도 더 희망을 갖고자 항암치료를 하기로 했다. 강릉의 한 보훈병원에서 아버지 항암치료가 시작되었다. 엄마가 줄곧 간호를 하였지만 아버지는 점점 항암치료에 지쳐 식사도 제대로 못하고 온몸이 저리고 살이 빠지는 등 힘겨운 날들이 지속되었다. 한밤중에 전화라도 오면 가슴이 덜컥 내려앉았다. 한달음에 달려가면 언제 그랬냐는 듯 아버지는 수척하지만 평온한 얼굴로 나를 맞아주었다.

그날은 평일 늦은 밤이었다. 엄마에게서 또 전화가 왔다. 이번엔 아버지가 위독하다는 전화였다. 곤히 잠든 어린 것들을 남편에게 맡긴 채 차를 몰았다. 비가 세차게 내렸고 영동고속도로는 차량도 드물어 새카만 어둠 속을 차량 불빛에만 의존해 달렸다. 도로에 안개인지 구름인지 모를 희뿌연 것들이 폭우와 함께 가물거렸다. 나는 울면서 달리다가도 문득 오싹해졌다. 새벽 1시가 넘은 시간이었다. 그렇게 달려 병원에 도착하니 다행히 고비를 넘긴 아버지가 아기처럼 잠들어 있었다. 가슴을 쓸어내렸다. 그제서야 옆에서 밤새 팔다리를 주무르다 지친 엄마가 걱정이 되었다. 엄마에게 좀 쉬라고 말씀드리고 아버지 곁을 지켰다. 아침이 밝자 아버지에게 가겠노라고 인사를 했다.

"이제는 오지 마. 어여 가봐."

아버지는 어서 가라고 손짓을 했다. 나는 왠지 발걸음이 떨어지지 않았다.

병실 문을 열고 계단을 내려오고 병원 주차장을 향해 걸어가는데 등 뒤에서 누가 "은숙아" 하고 부르는 목소리를 들었다. 뒤돌아보니 거기, 아버지가 서 있었다. 링거를 꽂고 흰 환자복을 입은 아버지가 손을 흔들고 있었다. 그런데 아버지가 울고 있었다. 울면서 큰 목소리로 내 이름을 부르고 있었다. 머리 하얀 눈사람이 거기 서 있었다. 그 눈사람이 다 녹아내려 눈물로 흐르는 것을 나는 보았다.

'아, 아버지….'

후회한다. 그때 뛰어가서 아버지를 안아드렸어야 했다. 손이라도 잡아드렸어야 했다. 그러지도 못하고 그저 눈물콧물 흘리며 병원을 돌아나오던 나는 그날이 아버지와 마지막이란 것을 알지 못했다. 그리고 얼마 안 가 아버지는 아무도 임종을 못 본 채 조용히 가셨다. 아버지의 아픈 손가락 막내 작은아버지가 부산서 올라와 억지로 엄마를 들여보내고 환자를 두고 밖에서 술 마시던 그날 새벽이었다. 아버지가 입원할 때 손수 몰고온 엑셀 자동차도 그날 이후

●

96

로 다시는 시동이 걸리지 않았다.

    양양에 가면 꼭 가보는 장소가 있다. 남대천 둑 따라 내려가다보면 강물이 바다와 만나는 곳, 낙산대교다. 일상의 무게에 짓눌려 찌들어 살다가도 이곳에만 오면 가슴이 확 트이며 나는 가벼워진다. 아버지도 지금쯤 가벼워지셨을까…. 멀리 갈매기 한 마리가 날아간다. 그리고 누군가 노 저으며 강물을 건너오고 있다. 한참을 바라보다가 천천히 걸음을 옮긴다.

    강물은, 바다는 여전히 푸르다.

●

낙산상회

낙산상회. 아그파필름 빛바랜 아크릴 간판 아래 스쿠터 한 대가 서 있다. 세상의 적요가 쌓이는 후미진 골목 맨 안쪽, 간판만 남은 상회는 유리문 안에 깊은 침묵을 들일 뿐이다. 무언가 파는 상회란 이름이 무색하게 아무것도 팔지 않는 낙산의 상회들로 골목은 붐빈다. 저 스쿠터를 타고 돌아가 유년의 나를 만난다.

양양이라면 고개를 갸웃하던 사람들도 낙산이라면 끄덕이며 좋은 데서 왔다는 말을 한다. 낙산은 누구나 다 아는 낙산사를 비롯해 동해의 푸른 파도가 넘실거리는 드넓은 백사장으로 유명한 곳이어서일까, 외지인이 물으면 바다와 먼 읍내에 살았어도 낙산 산다고 말하는 버릇이 있었다.

"너 어디서 왔니?"

어른들이 물으면 쭈뼛거리며 답을 했다.

"낙산이요."

●

낙산상회, 캔버스에 유채, 10F

그럴 때 어른들이 왠지 모르게 부러워하며 관심을 가져주었다. 양양이라 하면 그런 반응은 없었다. 그저 그런 시골로만 아는 눈치였다.

학창시절 읍에서 낙산까지 6㎞ 거리를 걸어 소풍을 다녔다. 남대천을 따라 좁다란 강둑길을 걷다보면 하류의 드넓은 강물 따라 연어가 돌아오는 길목을 지나기도 했다. 멀리 바다와 강물이 만나 몸을 섞는 그 지점이 바로 낙산의 시작이었다.

낙산엔 친구들과 자주 드나들었다. 그곳은 관광지답게 놀이기구와 반짝이는 간판들로 가득한 별천지였다. 낙산에서 부모님이 여관을 하는 친구와도 어울렸다. 바닷가지만 길 건너 민가는 시골 그대로, 텃밭을 일구거나 장사를 하는 집들이 있었다. 친구와 쏘다니며 놀았던 골목들. 삼십 년이 지나 그곳을 찾았을 때 집들은 비어 있거나 침묵의 그늘이 깊었다. 그리고 낙산상회는 아무것도 팔지 않는 상회가 되어 있었다. 빈 담벼락마다 파도나 물고기, 꽃 등 벽화가 그려져 있었다. 골목들은 쇠락을 벽화라는 화장으로 애써 감추는 듯 보였다. 필름도 상회도 디지털이라는 거대한 파도에 쓸려가고 유행처럼 번진 벽화라 할지라도 텅 빈 골목의 허기를 채우지 못할 뿐이었다. 새시 문 고인 어둠만이 출렁, 그 자리에서 반겨주었다.

시간은 이렇게 영원한 건 없다고 우리에게 말해준다. 소멸을 견디며 무너지지 않으려는 의지와 한 줌의 따스한 위안을 떠올리다

●

갈 뿐이다.

영원히 문학소녀일 것만 같던, 천재 소릴 듣던 여고 문학반 선배
가 있었다. 웅변도 잘하고 전국 문학 공모전마다 상을 휩쓸었다. 홀
어머니와 단둘이 살았는데 엄마가 돌아가시고 얼마 안 돼 생을 놓
아버렸다. 한 줌 재로 변해 낙산 바다에 뿌려진 선배. 그녀는 가고
나는 남아 다시 낙산을 찾는다. 바다는 말없이 그 자리에서 온갖 사
연을 삼킨 강물을 받아주듯 다만 푸르게 일렁일 뿐이다.
누군가의 꿈은 누군가의 눈물인지도 모른다.

은하미장원

은하미장원, 캔버스에 유채, 10M

얼마 전 머리 파마를 했다. 미용실 이름이 '요즘, 미장원'이었다. 파마를 잘한다는 소문을 듣고 갔지만 공원 뷰가 있는 널찍한 창문과 카페 같은 분위기가 마음에 드는 곳이었다. 요즘 다음에 쉼표(,)의 의미가 일상에 쉼을 부여하고픈 어떤 마음이 보여 좋았고 무엇보다 '미장원'이라는 상호가 마음에 들었다. 흔히 쓰는 헤어숍도 미용실도 아닌 미장원, 간판에 대해 물었더니 젊은 원장이 웃으며 말했다.

"동네에 있으면서 편안하게 다가서려고요."

그렇다. 미장원은 편안한 곳이다. 슬리퍼 끌고 나와 머리에 루프말고 수건을 두르고 앉아 수다떨어도 좋은 곳, 요즘엔 그런 미장원을 만나기 힘든 건 나만의 생각일까? 요즘과 미장원 사이에서 여러 교감이 스치는 동안 파마는 끝이 났고 소문대로 파마가 잘 나왔다.

"파마 아녀도 책 읽고 싶을 때 또 오셔요. 자작나무 보면서 차도 드시구요."

과연 요즘 미장원답게 센스도 만점이었다. 동네 아파트 앞에서 작게 시작했다가 자작나무가 반짝이는 공원 뷰가 있는 넓은 곳으로 이전한 까닭을 알 것 같았다. 파마 하나로도 삶이 상쾌해지는 순간이었다.

요즘엔 잘 쓰지 않는 미장원이라는 말, 현대와 과거가 공존하면 기억은 어떤 표정으로 다가설까, 몇 해 전 정선 사북거리를 지나다가 언뜻 그 표정을 보았다.

은하미장원.

칠이 벗겨진 슬레이트 함석 간판에 검은 페인트로 쓴 그 글씨를 보는 순간 머나먼 은하에서 보내오는 모스부호가 심장을 관통해 지나갔다. 간판은 미장원인데 무슨 상회가 유리창에 쓰여 있는 걸로 보아 미장원은 오래 전 문을 닫은 듯했다. 슬레이트 녹이 눈물과 함께 흘러내리고 있었다.

멀리 기적이 우네, 나를 두고 멀리 간다네….
이젠 잊어야 하네, 잊지 못할 사람이지만….

노래를 부른 이은하도 옛 가수가 되었고 근처에 함백역 기적소리 그친 지도 오래 전 일이지만 그보다 탄광이 금광처럼 빛나던 시절, 미장원에 우르르 모여앉아 파마하던 그 수많은 '은하'들은 다 어디로 갔을까….

검푸른 선팅지 너머 아무리 들여다보아도 보이지 않았다.

사북거리는 정지한 시간들로 가득했다. 시몬이발소도 시몬이 떠난 지 오래고 종묘사에 씨앗은 없고 간판은 있는데 눈까지 내려 하얗게 덮었다. 마치 백지로 보낸 편지 같았다. 나는 우두커니 서 있었다.

그 순간 은하미장원 안에 순백의 드레스를 입은 신부가 나를 보

●

며 웃었다. 푸른 눈두덩, 빨간 입술을 가진 신부가 꼬불거리는 머릿결을 쓸어올리면서 나, 여깄어 하는 것 같았다.

눈 내린 사북거리// 미용사는 일찍이 은하로 떠났는지/ 흰 슬레이트 검은 페인트 간판 하나/ 허공을 붙잡고 있다/ 사북거리는 온통 간판만 운행 중이다/ 시몬이발소도 시몬이 떠난 지 오래다// 빠마 고데 신부화장/ 벗겨진 선팅지 너머/ 꼬불거리고 빛나는 머릿결 쓸어올린/ 눈 같은 신부가 앉아 있다/ 푸른 눈두덩 새빨간 입술/ 안개꽃 드레스 입고 웃고 있다// 신부는 아직 사북에 남았을까/ 탄가루 날리는 봄/ 멀리 우는 함백역/ 기적 따라 떠났을까// 미용실도 헤어숍도 아닌 미장원/ 가위 소리 사라졌어도/ 검고 흰 기억들만 교차하는/ 사북거리// 나도 한때 푸른 은하였다

— 시「은하미장원」전문

유년을 보낸 광산의 기억 따라 다시 그곳을 찾았을 땐 나 또한 아무것도 만날 수 없었다. 내가 다닌 분교도 우리집도 친구들이 살았던 사택도 아버지가 다녔던 광업소도 그 무거운 몸체가 어디로 증발해버린 건지 오월 한낮 나른한 아지랑이만이 기다리고 있었다. 사라졌다고 해서 없었던 건 아닌 소중한 기억들, 한때 푸른 은하를 꿈꾸었던 그 하늘 아래 나는 여전히 서 있다.

울기 좋은 나무

울기 좋은 나무, 캔버스에 유채, 15F

해질녘 한 나무에게로 간다. 강둑 막다른 길에서 되돌아오면 나무를 마주할 수 있다. 나무로부터 길은 시작된다. 강둑 따라 자전거도로가 길게 이어져 있고 그 아래는 차도가 나란히 달린다. 자전거도로는 남한강에서 시작되어 여주를 지나 섬강이 있는 이곳 문막까지 연결된다. 말이 자전거도로지, 강둑 따라 걷는 사람들 사이로 어쩌다 자전거 한 대가 지나간다. 금계국이 노란 천국을 이루는 유월이 가장 아름답지만 어느 때 와도 좋은 곳이다.

어느 가을 늦은 오후 나는 이 나무 앞에 서 있었다.

멀리 노을이 산마루에 내려앉고 마른 억새가 은발처럼 휘날리는 강 풍경을 바라보았다. 아무도 없지만 그 '아무도'가 주는 무한한 진공 상태에 휩싸이는 순간 갑자기 울음이 나왔다. 슬픈 생각을 하거나 울 일이 있는 것도 아닌데 그냥 울음이 터졌다. 서 있는 존재는 나무와 나뿐이었다. 여기까지 온 나의 길이 파노라마 필름처럼 스쳐가고 삶이란 그저 묵묵히 견디는 거라는 걸, 지금의 나와 마주한 나무 한 그루가 말을 걸어왔다. 그렇게 나무와 비밀을 공유하게 된 나는 이후로도 그곳을 가끔 갔다. 때로는 차에서 내리지 않은 채 나무를 바라보다 돌아온 적도 많았다.

웃어야 할 때 웃지 못하는 사람과 울고 싶을 때 울지 못하는 사람이 가장 외롭다는 생각을 한다. 현대인은 울 장소가 필요하다. 화장실이나 방 구석이 아닌, 나만의 울음 저장소가 있다면 더는 슬프지도 외롭지도 않다. 울지 못해 가슴속 계곡은 메마르고 시도 오지 않는다.

하루의 일을 마치고 개와 늑대의 시간이 몰려오면 나는 그곳으로 간다. 어쩌면 천 년 전부터 나를 기다리고 서 있는 나무 한 그루…. 천형처럼 드러난 뿌리는 울음을 채집해서 물관을 통해 우듬지 잎새까지 길어올린다. 새는 나무 대신 우는 존재다. 운다고 나무라지 않는 그 너른 품 아래 새도 나도 울다 간다. 나무는 그 모든 것을 서서 묵묵히 들어준다.

그의 이름은 '울기 좋은 나무'다.

장가계 아리랑

장가계,, 캔버스에 유채, 10F

일 년 중 산이 가장 예쁠 때는 언제일까. 사월이나 오월, 산은 연두라는 옷을 입고 다시 태어난다. 봄 산은 아기자기 이야깃거리를 품고 있다. 연두라고 다 같은 연두가 아니고 초록이라고 다 같은 초록도 아니다. 단풍 드는 가을 산도 멋지지만 초록 이전의 연둣빛 새순이 돋는 봄 산을 보면 당장 배낭을 메고 달려가야 할 것 같다.

유년엔 산으로 둘러싸인 마을에 살았고 좀 더 커서는 강이나 바다가 가까운 읍내에 살았다. 산과 바다는 늘 곁에 있었다. 늘 곁에서 지켜주는 부모님처럼. 그러나 아버지가 돌아가셨을 때 산이 무너지는 느낌이었다. 아버지와 여행이라는 걸 해본 적이 없었다. 비행기 한번 태워드리지 못한 게 가장 마음에 걸렸다.

오랫동안 다녔던 직장을 그만두었을 때 인터넷을 검색했다. 효도 여행. 거기서 장가계란 이름을 발견했다. 장미가 붉었고 아까시 향기가 코를 찌르는 오월이었다. 엄마가 원주로 와서 같이 버스를 타고 공항으로 갔다. 엄마와 둘이서 처음으로 비행기를 타보는 순간이었다. 패키지 일행 중 유일한 모녀지간이었다.

두 시간 비행을 거쳐 공항에 내린 후 버스를 타고 세 시간 이상을 달려 숙소에 도착했을 때는 늦은 밤이었다. 여독을 풀고 다음날 장가계 천문산을 가게 되었다. 천문산은 최장 케이블카와 99회나 되는 굽이길, 절벽 산책로로 유명한 곳이었다. 설악산만 봐왔던 내게 천문산은 어마어마한 스케일로 다가왔다. 케이블카로 천문산 정상까지 올라가 둘레길 절벽 산책로를 걸었다. 간간히 구름이 스쳐가고 절벽과 첩첩 산봉우리들의 장엄한 모습이 펼쳐졌다. 해발 3천 미터 이상의 고도라, 늘 흐리고 안개에 둘러싸여 일 년 중 활짝 갠 날이 거의 없는 곳인데 그날만큼은 맑았다. 가이드가 오늘 오신 분들은 삼대가 덕을 닦아서 이처럼 다 보여주는 거라고 웃으며 말했다. 절경에 취해 감탄사만 연발하는 나와 달리 엄마는 아찔한 산 아래가 무섭다며 연신 고개를 돌렸다. 당시 칠십 중반 엄마에게 높은 산과 걷는 일이 무리라는 걸 미처 생각하지 못했다. 그래도 엄마 팔짱을 끼고 걸었다.

"우와, 엄마, 저기 좀 보세요."

손가락으로 절경을 가리키면 엄마는 돌아보지도 않고 이렇게 말했다.

"지금지금하다. 어서 가기나 해."

엄마는 땅만 보며 걸었다. 멋진 경치를 나만 즐기는 것 같아 속상했지만 어쩔 수 없는 일이었다. 사진 찍느라 한눈파는 나를 두고 급기야 먼저 앞서가는 엄마.

"엄마, 같이 가."

둘레길은 구불구불 이어졌다. 이쪽에서 저쪽의 엄마를 부르며 쫓아갔다. 어느 널찍한 광장에 이르렀을 때였다. 전통 의상을 입은 중국인들이 아코디언과 피리를 연주하고 있었다. 거기서 엄마를 만났다. 연주를 들으며 한숨 돌리는데 귀에 익숙한 선율이 흘러나왔다.

●

— 아리랑, 아리랑, 아리리요~ 아리랑 고개로 넘어간다~

그때 갑자기 엄마가 뛰쳐나가더니 덩실덩실 춤을 추었다. 말릴 틈도 없었다. 많은 사람들이 모인 광장의 한가운데였다. 사람들이 웃으며 손뼉을 쳤다. 나는 보았다. 그때까지 어둡던 엄마의 얼굴이 밝아지고 어릴 때 무용하던 한 소녀가 다시 날아오르는 순간을…

'의기야. 잘했어. 넌 최고야.'

그 순간만큼은 의기의 친구가 되어 토닥여주고 싶었다. 아찔한 생의 절벽들에 맞서 아리랑 고개를 넘어 꿋꿋이 헤쳐나온 당신이 있어 오늘 저 산은 가슴을 활짝 열고 그 모습을 온전히보여주면서 화답한 건지도 모를 일이었다.

— 나를 버리고 가시는 님은 십 리도 못 가서 발병난다.

아리랑 아리랑 아리리요~ 아리랑 고개로 넘어간다~

그날의 장면은 여행사에서 준 영상에 고스란히 담겼다. 이후 그 USB 메모리에 다른 강의를 담아 학교에 갔을 때 한 학생이 장난치며 뛰어가다가 넘어져서 하필 컴퓨터에 꽂힌 USB를 치는 바람에 부러지는 사태가 발생했다. USB가 망가져 열리지 않았다. 엄마와 함께한 장가계 여행도, 엄마의 아리랑 춤사위도 다시는 볼 수 없게 되었다. 그러나 그 기억만은 내 가슴에 영원할 것이다.

제3장
기차는 00시 30분에 떠나고

광차를 아시나요

광차, 캔버스에 유채, 10F

추천역은 우리나라에서 가장 높은 기차역이다. 해발 855미터의 추천역엔 고도의 바람에 돌아가는 바람개비와 철로 한켠에 비켜 서 있는 광차가 있다. 광차가 있다는 건 이곳이 한때 석탄을 나르던 수송로였다는 사실을 알려준다. 이 높은 곳에 역이 생기기까지 우여곡절이 많았다. 1960년대 말 험준한 산세 때문에 원활하지 못한 석탄 공급으로 인해 연탄파동으로 번지자 정부에서 빠른 연탄 수급을 위하여 태백산맥을 관통하는 선로를 개설하기 위해 4,505미터의 정암터널을 뚫었다. 태백선 선로의 추천역은 이렇게 생겨났다. 석탄 운송 화물차뿐만 아니라 여러 탄광에서 일하는 사람들의 주요 교통수단이었다. 이후 탄광산업의 쇠퇴와 더불어 인구가 감소함에 따라 차츰 기차가 서지 않는 폐역이 되어버렸다.

고도가 높다는 건/ 적막해지는 일/ 싸리밭 마루에서 건너편/ 바람의 언덕을 바라보는 일/ 마음에도 선풍기 같은 날개가 돌고/ 이 고장은 더울 일 없어/ 눈이 시린 단풍과/ 발목 시린 적설과/ 봄도 여름도 없이 두 계절만 머무는 일/ 한때 겨울이었던 아버지를 만나/ 검은 강물에 띄워보내는 일/ 아버지도 작은아버지도/ 흩어져 새털구름이 되는 일/ 역무원이 물러서라고/ 곧 막장 열차가 온다고/ 철로는 녹슬어도 목소리는 쩌렁한데/ 고도가 높다는 건/ 귀보다 마음이 먹먹해지는 일/ 지나간 바큇자국 따라 싸리꽃/ 버짐 같은 얼룩들 피어난다

●

한때의 영광이 사라져 시간도 멈춘 듯한 추전역. 봄도 가을도 없이 겨울만 긴, 9월초부터 이듬해 6월까지 연탄난로를 피우는 곳. 내가 찾아간 때는 이른 봄이었지만 내린 눈이 그대로 얼어붙어 있었다. 선로를 떠난 광차는 한가득 눈을 싣고서 안테나를 세우고 있었다. 광차는 달리고 싶었을까. 갱도도 사라지고 사람들도 떠난 곳. 기나긴 철로를 바라보며 무슨 생각을 하고 있었을까. 어쩌면 껍데기만 남은 녹슨 철판에 불과한, 이제는 유물이 되어버린 자신을 바라보며 높은 곳에서 가장 시린 바람과 맞서야 하는 운명을 생각할지도 모른다.

양양에도 기차역이 있었다. 한때 철광석을 운송하던 동해북부선 양양역. 이곳엔 사라진 기차 복원사업을 앞두고 있다. 일제가 자원 수탈의 수단으로 만들어 폐광과 함께 사라진 철로가 복원되면 광차도 어디선가 나타나 달려올 것만 같다. 광차를 미는 광부들의 우렁찬 목소리와 함께.

복원될 양양역은 원산을 지나 블라디보스톡까지 이어져 통일 대한민국의 중추 역할을 하기를 희원해본다.

설산, 태백

설산, 태백. 캔버스에 유채, 10F

겨울엔 산이 가장 정직하다. 비탈에서도 웃는 나무를 만날 수 있다. 고개 넘어 고개, 너머 고개, 고개…. 삶이 단지 빛나는 은유가 아니란 걸 뼈를 통과한 바람이 목울대를 넘어올 때 하얗게 철든 태백太白을 마주한다.

눈내린 태백은 이름 그대로 커다란 눈 세상이다. 지역마다 많은 축제가 있지만 태백太白은 해마다 붐비는 사람들로 여기저기 눈꽃을 피운다. 눈축제가 열리는 태백산도 좋지만 태백으로 가는 고갯길에서 마주한 매봉산 겹겹의 등성이를 보면 가던 길을 멈추고 한참 바라보게 된다. 나는 태백의 눈과 고원의 서늘함과 폐광의 쓸쓸한 흔적을 사랑한다. 태백은 어쩐지 강원도에 속하면서 어디에도 속하지 않는 곳이어서 은하수 지나 안드로메다 어디쯤 빛나는 별 이름 같기도 하다.

양양에 철광이 있었듯 태백에도 탄광이 있었고 한때의 빛나던 거리와 집들이 있었다. 우리의 아버지들은 생계를 위해 고단한 노동을 마다않고 생의 고단한 뼈마디를 갱 속에 묻었다. 광부의 딸인 내가 이곳 태백이 낯설지 않은 이유다.

광산이 번영할 때 나는 아직 철들지 않은 아이였다. 신작로를 뛰어다니거나 폐석이 산더미처럼 쌓인 돌산에서 놀았다. 놀이터나 학원은 없어도 세상이 다 놀이터였다. 소풍을 가면 산소를 오르내리며 보물찾기를 했다. 가끔 아버지가 오늘 갱도에서 사고가 있었고 누가 누가 죽었다고 어두운 표정을 지어도 죽음을 깨닫기엔 철없던 시절이었다. 산업화가 한창이던 7,80년대 우리의 아버지들은 빛나는 청춘을 갱도에 묻고 삼교대 노동을 하면서 살아왔다.

태백은 그 흔적을 잊지 않고 석탄박물관을 지어서 갱도체험까지 안내하고 있는데 나는 여기서 감동을 받았다. 후대의 우리가 해야 할 기억의 몫인데 태백에 비해 양양철광은 어디에도 흔적이 없는 것이 아쉽다. 예전에 양양에 철광이 있었다고 말하면 사람들은 누구나 고개를 갸웃거린다. 교과서에도 나오는, 제1의 철 생산지가 양양이라고 목소릴 높이면 그런 일이 있었어?라는 반응들이다.

기억의 부재, 나는 이것이 참으로 슬프다. 너른 호밀밭엔 사람들이 살던 사택이 줄지어 있었고 미루나무 두 그루 서 있던 자리는 내가 다니던 분교였고, 마을을 잇는 출렁다리가 꽤 길었으며 병원, 극장, 유아원이 있던 자리, 지금은 그 자리에 아무것도 없다는 사실이….

설산, 태백의 고갯길을 지나가면서 나는 보았다. 그때 아버지 얼굴에 패인 주름을, 이제야 왔냐는 인사를, 높은 곳에서 돌아가던 바람개비를, 등골을 빼먹을 듯 시린 바람과 나목들의 아우성을, 어두운 그늘 지나 맞은편 하얗게 미소 짓던 설산의 위엄을…. 그리고 깨달았다. 그 모든 것들을 단지 지나가는 것으로 지나칠 수만은 없다는 것을….

꼭대기라는 말

매봉산 '바람의언덕'을 오른다. 자동차로 올라갈 수 있는 산 정상이다. 비탈 배추밭 따라 펼쳐진 농로를 차를 타고 조심스럽게 오른다. 태백이 고원 도시기도 하지만 매봉산 정상에 서면 1,272미터 높이가 더 아찔하게 느껴진다. 그러나 이보다 더 높은 꼭대기가 있으니 수많은 풍력발전기들이 그것이다. 이제 왔냐는 듯 눈빛을 깜박인다. 멀리서 볼 땐 작은 바람개비 같지만 가까이서 본 풍력발전기는 그 크기와 높이가 실로 놀라웠다. 쉭쉭 소릴 내며 허공을 가르는 날개엔 그 무엇이라도 베어버릴 듯 속도와 굉음이 굉장했다. 구름도 다치기 싫은 듯 멀리 지나가고 다만 적막한 허공을 가르는 거인의 날개짓이라니….

꼭대기라는 말을 좋아한다. 고소공포증은 나와는 거리가 먼 이야기다. 탁 트인 높은 곳, 그래서 산을 좋아하고 산 정상을 오르면 시원찮은 내 무릎에도 감사의 절을 하고 싶어진다. 집도 햇빛이 안 드

●

바람의언덕, 캔버스에 유채, 10F

는 저층보다는 고층이나 언덕 위에 위치한 집을 선호한다. 높은 언덕 위 펼쳐진 드넓은 바다도 종일 바라볼 수 있다. 언젠가 본 사주에서 물 기운이 넘쳐 수水가 강하고 큰물인데 속으로 소용돌이치는 사주라 했다.

삶의 꼭대기엔 무엇이 있을까. 결국은 땅으로 돌아가기 위한 꼭대기, 죽음이겠지만 우리는 인식하지 못한 채 살아간다. 꼭대기는 바닥에 닿기 위한 과정이다. 높은 곳을 오르면 마음속에 차오르는 깊은 목소리 하나를 마주한다. 그것의 표정을 잘 모르지만 말로 표현할 수 없는 근원적 울음 같은 것이다. 꼭대기일수록 강한 바람이 분다. 세상의 모든 꼭대기는 바람을 견뎌내야 하는 것이다.

매봉산 꼭대기에는 '바람의언덕'이 있다. 이름처럼 바람이 센 덕분에 풍력발전기가 들어서서 끊임없이 돌아가며 전기를 만들어낸다. 멀리서 보면 서 있는 것 같지만 바람에 시달리며 쉴 새 없이 돌아가는 풍력발전기를 만나면 꼭대기를 견디는 어떤 견자의 자세를 보는 것 같다.

어느덧 해가 지려는지 노을이 몰려온다. 아니 노을 구름이다. 노을과 구름이 섞이는 경계를 가르며 풍력발전기는 묵묵히 이들을 비추는 등대 마냥 서 있다. 어둡기 전에 내려가야 하는데, 휙휙 바람이 등을 떠미는데, 이 모든 풍경을 내려놓고 돌아서려니 왠지 발걸음이 떨어지지 않는다. 풍력발전기의 눈빛이 깜박인다. 멀리서 보면 별 같기도 한 그 눈빛을 가슴에 담는다. 불씨처럼 따뜻한….

●

기차는 OO시 30분에 떠나고

정동진, 캔버스에 유채, 10F

청량리에서 떠난 막차가 원주역에 도착하는 시간이 00시 30분이다. 자정에서 30분이나 여유가 있다. 밤 12시, 알바생은 가게 셔터를 내리고 무작정 역으로 달려간다. 새로운 하루를 새로운 곳에서 떠오르는 해와 함께하고 싶어 고단함도 잊는다.

그 무렵의 나는 몹시 지쳐 있었다. 아침엔 녹즙 배달을 했고 낮엔 아이들 논술교습소를 하며 끊임없이 말을 했고 저녁이면 근처 식당에서 아르바이트를 했다. 당시 문막에 아파트 하나를 계약했는데 사정상 원리금 대출을 고스란히 떠안은 상태였다. 엄청난 이자 부담에 아파트를 싸게 내놓아도 정부의 대출 규제정책으로 얼어붙은 부동산시장에 봄은 없었다. 세금에 이자에 휘청거리다보니 배달이든 알바든 가릴 처지가 아니었다. 설거지를 하면서도 이 삶이 언제 끝날까 생각하면 암울했다. 그래도 씩씩하게 그 시간을 견뎌왔는데 가끔 모든 걸 내려놓고 떠나고 싶을 때 밤기차를 탔다.

청량리에서 출발한 막차가 플랫폼으로 들어왔다. 그래, 떠나는 거야. 밤이 주는 안락은 나를 끝없는 심연 속으로 끌고 갔다. 피곤해도 잠은 오지 않고 창문에 반사된 내 얼굴을 물끄러미 바라보았다. 강릉 정동진까지 가는 길은 멀고 멀었다. 제천, 영월 등을 돌아 태백, 삼척을 지나 다시 강릉까지 4시간 넘게 걸렸다. 정동진에 도착하면 새벽 네 시 반이었다. 아직 어둠이 가시지 않은 어슴푸레한 정동진역에 내려 근처 카페에 가서 날이 밝기를 기다렸다. 나와 같

●

은, 많은 사람들로 붐비는 카페라 온기가 충만했다.

어둠을 깨치는 푸른 빛이 유리창에 어른거리면 바다로 나갔다. 먼 수평선이 붉게 물들고 푸름과 붉음이 섞여 보랏빛으로 빛나는 하늘을 오래 바라보았다. 얼마를 기다렸을까, 드디어 해는 고개를 내밀고 그 붉은 낯을 보여주었다. 사람들은 박수를 쳤다. 밤을 기다려 달려오는 중에도 해는 어둠을 뚫고 있었다. 오직 이 순간을 위해….

바다와 기찻길이 한눈에 바라다보이는 역전 가게에서 라면을 먹었다. 레일바이크를 탄 사람들이 알록달록 지나가고 있었다. 낭만의 상징, 바다와 기차가 나란히 달리는 정동진, 서쪽에서 상처받은 사람들이 정반대 동쪽으로 와 치유가 되는 곳. 바닷가를 걷는 일만으로도 가슴 가득 파도 소리를 담을 수 있어 마음이 푸르러지는 곳. 나는 그렇게 바다로 갔다가 집으로 돌아왔다. 기차가 나를 데려다 주었다. 그러면 싱싱해지는 느낌이었다. 다시 살아갈 힘을 얻었다.

하루가 닫히고/ 또 하루가 열리는 시간/ 어둠이 셔터를 내리면/ 대책 없는 마음 한 칸/ 서둘러 야간열차 타고/ 동쪽으로 달려간다// 여럿이 오면 한번도 보여주지 않던 해의 민낯/ 혼자오면 붉은 심장 꺼내 보여주는/ 저 바다에게 묻는다/ 정각에서 밀려나/ 한 발 늦은 생은 어디서부터 시작인지/ 알알이 쌓이는 모래/ 시계는 뒤집히려고 그 자리에 서 있다/ 캉캉 춤추는 파도/ 바다는 끔벅이는 눈꺼풀을 가졌기에/ 한순간도 졸지 않는

다// 아껴 먹는 밤처럼/ 아껴 쓰는 밤이 있다// 00시 30분엔 플랫폼에 가
야 한다/ 청량리발 강릉행 기차 타고/ 목적지는 다음 생이다

— 시 「00시 30분」 전문

    지금은 고속열차가 경강선에 들어서면서 서너 시간을 달리던 통
일호 기차가 사라졌다. 이젠 편하게 강릉을 갈 수 있지만 밤새 달려
해를 만나던 그 낭만은 사라진 지 오래다. 00시 30분이면 플랫폼으
로 달려가 만나던 그 기차가 그립다. 기적소리 다시 듣고 싶다. 그
모든 일이 내게는 기적과도 같았기에….

묵호

묵호, 캔버스에 유채, 10F

서울 광화문에서 계속 동쪽으로 가면 어디일까. 사람들은 바닷가 정동진을 떠올리겠지만 위도가 같은 곳은 묵호다. 묵호 까막바위 부근이 정동진이다. 동쪽에 위치한 수많은 바다 중에서 제일 좋은 곳을 꼽으라면 나는 묵호를 꼽는다.

바다와 언덕을 한번에 만나는 곳. 언덕에서 내려다보이는 집들과 바다가 어깨를 나란히 하는 곳. 바다 한가운데 도도히 살지 않고 언덕에 있어 마을과 친근한 등대가 멀리 바다를 비추는 곳. 미로 같이 얽힌 고샅길마다 정감어린 벽화들, 무너지는 집들과 무너지지 않을 집들이 숱한 이야기를 만들어내는 곳. 나 어려서 살았던 장승리 언덕 집들과 같은 알록달록 지붕들과 돌담이 어깨를 맞댄 곳. 바로 묵호다.

묵호墨湖는 바다가 깊어 물이 검어 묵호라 불린다. 묵호항은 고기가 많이 잡혀 물새들과 까마귀가 몰려들던 항구였다. 까마귀가 많다 하여 오리진烏理津이라는 이름이 있을 정도였다. 그러나 묵호라 부르면 어떤 그리운 이름 같기도 하고 먹을 갈아 그 아름다움을 써야 할 것 같다.

언덕과 바다가/ 내외처럼 낡아가는 동네/ 언덕 꼭대기 집어등 닮은 쪽 창들/ 간밤 수다를 토해놓으면/ 아침 바다 윤슬이 노래로 다독인다/ 어깨가 내려앉은 논골담/ 고샅엔 수국이 한창이고/ 폐가 담쟁이는/ 마당을 지나 지붕까지 힘줄을 엮는다/ 살아 푸른 건 거기까지/ 나폴리도 여기선 다 방을 차리고/ 극장은 종일 필름을 돌려도/ '돌아온원더할매' 혼자서 웃고 있다/ 모퉁이 돌면 고래가 쏟아지고/ 허공이 따르는 막걸리에 목을 축인다/ 오징어는 담벼락에서 빨래처럼 말라가고/ 묵호야 놀자 했더니 용팔아 이눔 쉐끼/ 어매 빗자루가 날아온다/ 페인트칠 벗겨진 벽화들마다/ 마음이 펄럭인다/ 묵묵히 기다림의 자세로 눈먼/ 저무는 등대에 기대 바다를 보면/ 떠난 애인은 다 묵호여서/ 눈 감아도 묵호만 보이고/ 그 이름 부르면 비릿한 멀미/ 다시는 못 갈 것 같은 묵호

─ 시 「묵호」 전문

묵호에 처음 갔을 때 나는 언덕 위에서 바라다보이는 집들과 바다와 사랑에 빠졌다. 멀리 보이는 바다는 검지 않고 은물결로 빛나고 있었다. 항구도 사람도 작게만 보였다. 어떻게 이 언덕에 오밀조밀 집들이 들어섰을까 신기했지만 바다를 바라보는 집들은 어느새 바다를 닮아 있었다. 바다로 나갔다가 집으로 돌아와서는 오징어나 명태를 빨랫줄에 널어놓고 불 때서 모락모락 밥 짓는 사람들, 아궁이와 굴뚝들은 삶의 대부분을 바다를 바라보며 살아온 그들의 표정 같았다. 사람이 살거나 떠난 집들이라도 온기는 그 자리에 남아 있었다. 애써 벽화로 당시의 삶을 표현하지 않아도 이 좁고 가파른 고샅길을 오갔을 사람들의 발자국 소리가 가슴에 쿵쿵 울려왔다.

삶과 일터가 하나인 곳, 묵호다. 얼마 전 이곳에 커다란 불이 나

서 언덕 위 일부 집들이 불탔다는 뉴스를 보았을 때 가슴이 무너지는 느낌이었다. 묵호는 그대로 보존되어야 한다. 벽화와 스카이밸리 등도 좋지만 오래 전 흑백영화 같은 묵호의 풍경들은 억만금을 준 대도 살 수 없는 묵호만의 자산이다. 부디 덜 개발되어서 올망졸망한 집들과 바다가 오롯이 그 자리에 있기를 소망한다.

등대에 서서 바다를 바라보며 묵호,라고 부르면 잊었던 그리움 하나가 떠오른다. 부르면 비릿한 멀미, 다시는 못 갈 것 같던 묵호는 언제나 내 가슴 속에 은빛 물결로 넘실거린다.

●

남애南涯

남애, 캔버스에 유채, 10F

남애南涯는 '양양 남쪽 바다'라는 뜻이지만 매화가 결실을 본 후 떨어지는 모양이라 하여 '낙매'로 불리기도 했다. 강릉 심곡항, 삼척 초곡항과 더불어 동해안 3대 미항美港이다.

강릉이 고향인 어떤 시인이 시집 날개 프로필에 '가끔 남애에 가서 파도 구경을 한다'라고 했는데 나는 동해의 그 많고 많은 바닷가 중에 남애를 그냥 지나치지 못하는 습관이 언제부턴가 생겼다. 영동고속도로를 숨 가쁘게 달려와 남양양IC에서 내려 직진, 해안 쪽으로 가면 남애가 나온다. 숨이 탁 트이는 동해의 푸른 파도에 곁눈을 두고 좀 더 가면 남애항이 있다.

고깃배들이 묶여 흔들리고 포구의 물결은 시간의 결에 따라 다르게 일렁인다. 어부들이 갓 잡은 가자미나 광어, 오징어 등 활어들을 그물에서 떼어 손질하는 것을 지켜볼 수도 있다. 좀 더 위쪽으로 가면 바다를 한눈에 아우르는 남애 스카이워크 전망대가 있다. 이곳은 원래 봉수대가 있던 곳으로 올라가면 세상의 동해가 다 내 품에 안기는 기분이다. 저 멀리 남의 애를 태우는 듯 빨간 등대가 하얀 등대를 마주하고 수줍게 서 있다. 그 사이로 혹등고래 같은 고깃배가 넘나드는 남애항, 과연 동해의 나폴리 혹은 베네치아로 불릴 만큼 아름답다.

남애의 바닷가는 커다란 포물선으로 휘어져 있다. 그래서인지 끊임없는 파도가 밀려온다. 나는 바닷가 도로에 차를 세우고 서서 어느 시인처럼 한참을 파도 구경을 한다. 양양을 갈 때 나의 휴게소는 남애다. 남애에서 파도소리 들으며 나를 잊는다. 엄마가 감 따러오라고, 선산에 밤 주워야 한다고, 김장해야 한다고 재촉해도… 그 모든 사정도 잊은 채….

남애를 돌아서 다시 칠번국도에 오른다. 지금은 파도를 타는 서퍼들이 남애를 점령했지만 예전의 남애는 호젓한 바닷가였다. 다른 바닷가는 잔잔해도 남애엔 파도가 넘실거렸다. 덕분에 서퍼들은 한 겨울에도 파도를 타고 그 도전을 구경하는 일도 쏠쏠한 재미다. 하늘 구름다리가 생겨나고 서핑라운지가 생기는 등 남애도 변화를 거듭하는 중이다. 다만 끊임없이 밀려왔다 밀려가는 그 푸른 동력이 좋아서, 살아 있음이 마냥 고마워서, 다시 헤쳐갈 힘을 얻는다.

가늠할 수 없는 바다란/ 받아주는 어떤 끌림과도 같아서// 일부러 돌아가면서 차창을 내리는 지점/ 그곳에 기분도 내린다// 지나치지 못하는 병이랄까/ 파도라는 아우성이 포물선 해안을 만나/ 순한 노래로 재잘거리는 걸 본다// 기분 한 꼬집 넣은 모래 한 움큼/ 손가락 사이로 빠져나가는 그것은/ 어제도 오늘도 아닌 미래의 나// 슬픔도 계량할 수 있다면 꼬집어 말할 수 있다면/ 남의 애를 태우다 흩어질 수 있다면// 화장장에서 한 시간 반을 웃고 떠들다/ 문득 이 재미난 세상 두고 떠날 수 없어/ 떠돌기라도 한다면// 받아주는 가슴이 있어 미래의 죽은 내가/ 서성이게 될 푸르디푸른 그곳// 시동을 걸고 달리다가도 꼭 멈추게 되는

●

양양으로 가는 관문에 남애가 있다. 아이가 달려와 엄마 품에 안기듯 나는 남애라는 너른 바다로 달려간다. 살아 기쁜 것도, 죽어 슬픈 것도 아닌 다만 멀리서 바라볼 수 있는 푸른 바다, 남애는 언제나 고향으로 가는 길목 그 자리에 있다.

귀래의 꿈

귀래貴來, 이름만 들어도 귀한 곳이다. 신라 경순왕이 천년 사직을 고려에 바치고 43년간을 귀래 또는 제천에 살면서 용화산(지금 미륵산) 정상 절벽에 거대한 미륵불상을 조성하여 용화세계 건설을 발원했다는 전설이 전해지는 곳이다. "귀한 분이 오셨다" 해서 붙여진 이름이 귀래, 왠지 귀래를 가면 풀 한 포기, 바람 한 줄기가 예사롭지 않게 느껴지는 건 이런 까닭인지도 모르겠다.

몇몇 작가와 귀래를 갔다. 귀래는 도로 하나를 사이에 두고 낡은 간판들이 죽 늘어서 있는 작은 동네였다. 그 중 '작은찻집'이란 곳엘 들어갔다. 사방이 유리창으로 둘러싸인 길모퉁이, 주인이 가꾸는 화분들이 일렬로 서서 반겨주었다. 라일락, 세이지꽃, 바늘꽃, 로즈마리, 큰꿩의비름, 해국 등 야생화가 옹기종기 가게 안팎에서 하늘거렸다.

"어서 오세요. 오랜만에 오셨네요."

●

귀래, 캔버스에 유채, 10P

연핑크 원피스를 입은 찻집 여주인이 웃으며 반겼다. 일행 중 소설가 K와 잘 아는 듯.

"안녕하세요? 어머, 녹색평론 구독자세요?"

눈에 띈 책장엔 녹색평론이 제호대로 가지런히 꽂혀 있었다.

"아, 예…. 예전에 구독했어요."

"여긴 다 엘피예요. 노래는 엘피로 들어야 제 맛이지. 7080 노래로 부탁해요."

소설가 K의 주문에 여주인은 엘피판을 틀어 노래를 들려주었다.

— 흔한 게 사랑이라지만 나는 그런 사랑 원하지 않아.

귀래 〈작은찻집〉에서 식은 차를 마시며 듣고 들었던 노래들, 흔한 유행가도 여기서 들으니 특별한 느낌이 들었다. 여주인이 손수 그린 그림과 시 구절로 심심할 틈 없는 찻집, 이후로도 나는 귀래를 가면 이곳을 찾아 한참 이야기를 나누다 오곤 했다.

귀래를 스캔하기엔 잠시면 충분했다. 인적도 드문 조용한 귀래의 시가지 끝엔 차부상회가 있다. 차부라는 말은 어려서 들었던 말인데 지금의 터미널 같은 곳이다. 차부상회에서 돌아가는 버스의 뒷모습을 지켜보노라니 떠나가고 오는 시간이 문득 천 년 전 귀래에서 못다 이룬 왕조의 꿈처럼 아득하다. 속수무책으로 내어줄 수밖에 없었던 천년 왕국, 다시 올 미륵을 꿈꾸며 배재에 올라 절을 하던 신라 경순왕이 언뜻 스쳐가는 듯했다.

●

당신이 귀래*로 오시면 좋겠어요/ 뱀 하나 지나간 듯 외줄기 도로/ 상점들이 달뜬 이마를 맞대고 적막을 부축하는 오후/ 원조 자장면집 건너 작은 찻집 오종종한 꽃 화분들/ 해실해실 웃는 그 사이로 오시면 좋겠어요/ 당신 올 적에 골짜기 낮은 더 반짝이고/ 하늘은 목동처럼 구름을 몰고 다니고/ 산은 키를 낮춰 구름을 안아주어요/ 맷집 좋은 은행나무들 캉캉 춤을 쉬지도 않아요/ 수리를 모르는 상점들은 간판 대신 심장을 내어 걸었어요/ 문을 닫고 여는 것도 심장의 영역/ 여기선 공치는 날이 흔해요 흔한 게 사랑이라지만/ 나는 그런 사랑 원하지 않아 햇살은 찻집 엘피판에 꽂히고/ 우리의 시간도 왠지 낯설지 않아요/ 천 년 전 오신 당신처럼 미륵의 잃어버린 꿈/ 우묵한 사발처럼 시간이 멈춘 곳/ 종점 차부상회 앞에서 오지 않는 버스를 기다려요/ 당신이 오신다면 맨발로 뛰쳐나갈게요/ 애써 우아하지 않아도 자장면 면발은 콧등을 치고/ 당신은 그렇게 웃겠지요 흔한 게 사랑이라지만/ 나는 그런 사랑 원하지 않아 다시 엘피판은 돌고/ 슬픔 속에 당신을 묻겠어요/ 귀래에선 아무도 헤어지지 않을 거예요

— 시 「귀래貴來」 전문

미륵산이 있고 미륵불상이 산 정상 절벽에 있는 곳, 귀래의 꿈은 무엇이었을까? 천년 왕국을 이어가고자 하는 구국의 미륵은 언제 어떻게 오실지, 귀래는 그 해답을 알고 있을까?

흔한 게 사랑이라지만 그런 사랑이 아닌, 망국의 슬픔을 넘어 중

생을 제도하는 새 용화세계를 향한 염원, 그런 사랑을 꿈꾸는 곳이
바로 귀래다.

문막, 흐르는 강물을 막아

섬강과 자전거, 캔버스에 유채, 15F

해가 지기 전 자전거를 끌고 강둑으로 간다. 어둠은 푸른 낯빛으로 산을 삼키고 강물과 길을 삼킨다. 생각이 나를 삼킬 때까지 페달을 밟는다.

유월의 자전거도로는 가로등 없이도 환하다. 푸른 이내가 아슴아슴거리는, 개와 늑대의 시간. 시원한 바람을 가르며 자전거를 타다 보면 이보다 더 낭만적인 운동이 있을까 싶다. 금계국 노란 둑길을 자전거를 타고 왕복하는 동안 강물은 소릴 내어 반겨준다. 하루치 해가 넘어가는 산등성엔 노을이 붉게 내려와 강물을 다독인다.

코로나19 때문에 아이들 교습소도 닫고 한동안 막막했다. 다른 일을 알아보는 동안 교습소의 물건들을 처분하기 위해 중고매매 앱을 깔았다. 덩치 큰 책장도 팔고 난로도 팔고 파티션이나 책상, 의자들도 팔았다. 아주 유용했다. 그러다가 중고 자전거가 눈에 들어왔다. 접이식 미니벨로 자전거였다. 차에 싣고 다닐 수 있고 마실 가거나 강둑에서 타면 가슴이 뻥 뚫릴 것 같은 생각이 들어 망설이지 않고 구입했다.

차 뒷자석에 접어넣고 다니면서 운동 삼아 자전거를 탈 수 있는 곳을 찾아보았다. 심지어 해지는 강변이라면…. 최적의 장소가 문막이었다. 집에서도 그리 멀지 않고 자전거도로가 강둑 따라 잘 정비되어 있었다. 가끔 운동하는 사람들이 오갔지만 전문적인 복장을 하고 자전거투어를 하는 사람들도 많았다.

●

흐르는 강물을 막을 수 있을까/ 그 이름 문막文幕, 어디쯤 섬강 한 줄기/ 무작정 흘러가다 눌러앉는 곳/ 서울은 멀고 원주는 갑갑하여/ 문막 어디엔가 새는 마음 틀어막고/ 세월의 결을 매만지며 살 수 있다면// 문막 하고 부르면 적막이 슬며시 다가와 손 내밀고/ 문막 가자 하면 가슴속 페달 밟아 자전거 바퀴가 먼저 달려가는데/ 문막에선 접힌 근심이 펴지고/ 서쪽 하늘 물드는 노을은 도道를 넘는 사랑이어도 좋으리/ 폐사지 둔덕에 핀 개망초처럼 흔들리고 흔들리다가// 흐르는 생각을 막을 수 있을까/ 하늘과 땅, 강과 둑 경계에서 저쪽을 보면 이승도 저승 같아/ 더 이상 길을 물을 수도 무를 수도 없을 때/ 오일장처럼 쓸쓸해져 문득 찾아가는 문막// 시장 추어탕 한 그릇에 마음이 풀어지고/ 꽃나무 하나 사서 돌아설 때/ 내게도 화들짝 놀라는 문장 하나 자라나서/ 1막부터 새로 써 나가는 글의 집/ 그 안에 오래 꽃필 수 있다면

— 시 「문막 가자」 전문

　간단한 복장을 하고 물 한 병 주머니에 넣고 자전거 안장에 오른다. 어려서 자전거를 타보았고 중고생 때는 자전거를 타고 학교를 다닌 적도 있어서 오랜만에 자전거를 타는 일이 낯설지 않았다. 어떤 동력도 없이 페달을 밟는 내 다리의 힘만으로 굴러가는 이 동그란 직진이라니….

　문막. 이 이름은 어떻게 생겼을까 찾아보니 읍을 관통하여 흐르는 섬강의 물을 막는다하여 '물막'이라 하였는데 이것을 음차하여

●

문막文幕이 되었다고 한다.

흐르는 강물을 막을 수 있을까? 문막이란 이름에서 느껴지는 초월적 안간힘이 있어 나는 흐르는 강물을 내려다보며 힘껏 페달을 밟는다. 마침내 어둠을 가르며 앞으로 나아가는 내가 있다.

신림을 지나며

신림神林을 지날 때마다 신림이란 말이 주는 신비함을 떠올린다. 지명에 귀신 신神이 들어간 곳은 이곳이 유일할 것이다. '신들이 거니는 숲'이라니 신림은 그 이름 자체로 호기심을 불러일으킨다. 신림의 유래는 신림면 성남리에 있는 성황림(천연기념물 93호)을 신적인 숲으로 생각해 신림神林이라 붙여진 것이라 한다. 성황림은 치악산의 성황신을 마을의 수호신으로 모시던 서낭숲으로 지금도 해마다 마을에서 제사를 지내고 있다. 신림 하면 성황림과 함께 조선시대 건립된 용소막 성당, 그리고 2021년 폐역된 신림역이 가장 먼저 떠오른다.

신림 도로변을 따라 가다보면 신림역을 만날 수 있다. 1941년 보통역으로 시작된 신림역은 한국전쟁으로 불탔다가 다시 지어지고 중앙선의 역으로 사랑받다가 2021년 폐역되기까지 파란만장의 세월을 지나왔다. 폐역 이듬해 찾아갔을 때 푸른 빛 건물이 분홍색으

신림역. 캔버스에 유채, 10F

로 칠해져 있었는데 주변의 스산함 때문인지 더 창백해 보였다. 역사를 지나 플랫폼에 다가서는 순간 깜짝 놀랐다. 그 이유는 철로가 모두 철거된 채 열차가 지나던 자리에 잡풀만 무성했기 때문이었다. 폐역 이후 처음 찾았지만 그래도 철로까지 철거될 줄은 몰랐다. 철로가 사라진 기찻길에 한참을 멍하니 서 있었다. 자갈과 서걱거리는 잡풀이 무성한 땅, 사람도 고양이도 보이지 않는다.

맞은편 키 큰 전나무는 이 모든 사실을 지켜보았겠지만 모든 게 사라지고 적요만 남은 철로가 있던 자리에 나뭇잎만 나뒹굴고 있었다. 이듬해 봄 신림역을 다시 찾았을 때 한 뼘 더 자란 듯한 전나무는 한층 푸르러졌다. 그 곁에 선 산수유나무엔 꽃이 활짝 피어 있었다. 기차는 가도 봄은 다시 찾아와 노란 웃음을 흘리고 있었다.

울고 싶을 때는 용소막성당

용소막성당. 캔버스에 유채, 15F

신림역을 지나 조금 가다보면 강원도 유형문화재인 용소막성당을 만날 수 있다. 오랜 역사를 간직한 성당답게 고풍스런 외관과 커다란 느티나무가 한눈에 들어온다. 성당과 나무가 어깨동무를 하고 세월을 견디는 모습, 천주교 신자는 아니어도 나는 오래된 성당에 가는 것을 좋아한다.

1898년 초가로 지어진 성당이 1915년 한 신부에 의해 고딕양식으로 건립돼 지금의 성당이 되기까지 백 년 동안 그 자리를 지켜온 경이로움을 넘어 어떤 성스러움이 존재한다. 성당을 지을 때 심은 듯한 아름드리 느티나무들, 그 그늘에 앉아 책을 읽거나 담소를 나누는 사람들, 멀리서 보면 한 점 풍경화 같다. 초기 천주교 신자들은 박해를 받으면서도 신념을 버리지 않아 순교를 당하기도 했는데 배론성지가 여기서 가까운 곳에 위치해 있다.

신념을 위해 목숨을 버리는 일, 인간은 신으로부터 받은 신성이란 게 존재할까, 그렇다면 우리는 어디서 와서 어디로 가는가…. 질문이 흔들릴 때 문득 눈에 들어오는 성모 마리아상, 그 아래 수많은 촛불들이 타오르고 있었다. 나도 모르게 두 손을 모았다. 나의 죄는 저 성당의 종탑보다 높아서 겸손할 줄 모르고 오만하게 솟아 있다. 조용히 촛불 하나를 켰다. 헨델 아리아의 〈울게 하소서〉 선율이 가슴을 지나가고 내 눈에 고요히 맺히는 이슬을 보았다.

때론 울고 싶을 때 찾아갈 나만의 장소도 필요하다. 생이 팍팍하게 느껴질 때 신림을 지나며 이 모든 곳들을 둘러본다면 내 안의 내가 스스로를 어루만지는 느낌이 어떤 것인지 당신도 알게 되리라.

●

당신 잘되기를 바라요, 흥업

흥업興業은 이름에서 뭔가 잘 풀리는 느낌이다. 면 소재지면서 대학이 세 곳이나 있는 유일한 곳이다. 흥업하면 흥이 UP~되는 건 이런 청춘의 응원 덕분인지도 모른다. 작지만 활기찬 곳, 젊은 대학과 호수와 은행나무 가로수길도 멋지지만 대하소설 『토지』의 작가 박경리 선생의 유지를 받든 작가들의 산실이자 창작공간인 토지문화관도 흥업면 매지리에 위치해 작가들을 반긴다. 덕분에 입주작가들은 공기 좋고 푸른 자연이 어우러진 천혜의 공간에서 저마다의 창작작업에 몰두할 수 있다.

얼마 전 극단 학전의 대표이자 〈아침 이슬〉, 〈친구〉 등으로 우리에게 친숙한 '뒷것' 김민기 선생이 세상을 떠났다. 부고를 접하며 몇 해 전 토지문화관에서 처음 본 선생의 모습이 떠올랐다. 흥업 거리에서 얼마든지 마주칠 법한 편안한 인상, 토지문화관에 그의 방이 있었는데 선생을 마주칠 기회가 별로 없었다. 그러던 어느 날 밀짚

●

흥업, 캔버스에 유채, 10F

모자를 쓴 선생이 와서는 작가들 몇몇과 함께 토지문화관 근처의 임도를 걷게 되었다.

오월의 아카시아 향이 물씬 나는 숲길을 걷는데 대낮에도 빛나는 반딧불이를 보았다. 그만큼 청정하고 맑은 공기의 임도였다. 그 숲길의 반딧불이처럼 작가들을 이끌던 김민기 선생의 소탈함에 깊은 인상을 받았다. 선생은 영상 노래극 〈아빠 얼굴 예쁘네요〉를 토지문화관 강당에서 연출해서 입주작가는 물론 흥업 아니 원주 시민들도 관람할 수 있게 했다. 탄광촌 아이들의 소소한 이야기가 노래와 더불어 잔잔히 펼쳐져 감동을 주었다.

저마다 창작의 시간을 감내하며 예술을 꿈꾸는 작가들이 오가는 흥업 사거리, 그들과 헤어질 때 나는 흥업이란 말을 떠올렸다. 모두가 잘 되기를 바라는 마음, 때로는 늦도록 삼겹살에 소주 한잔 하다가 문득 눈발이 흩날리고 이내 쌓여서 길도 보이지 않는 칠흑의 밤도 있었지만 길을 지우며 또 다른 길을 만드는 예술가의 발자국도 흥업엔 있었고, 앞으로도 있을 것이기에.

흥업은 늙지 않는다/ KTX 역이 있고 면 소재지에 대학이 세 군데/ 흥이 저절로 차오르는 곳/ 흥 UP 외치면 속도가 무섭게 따라붙지만/ 한결같은 메밀묵과 수타 자장면 옛날 보리밥/ 수그려야 들어가는 맛집 기둥엔 청춘의 낙서들/ 회촌엔 잠들지 않는 문학관의 불빛들/ 중천에 떠 있는 중천철학도서관/ 임도를 걸으면 대낮에도 빛나는 반딧불이들/ 젊은 성당과

늙은 여관이 길 하나를 두고 시틋한데/ 막막한 눈발은 흥업 사거리에 퍼붓고/ 버스는 오지 않는다/ 길을 지우며 길을 시작하는 눈조차 아득해서/ 흥업, 이 말을 흥얼거리면/ 세상에 없는 예술을 꿈꾸다/ 떠나간 당신도 잘 될 거란 믿음이/ 돌판 위 삼겹살처럼 구워진다// 우리는 흥업에서 만나고 흥업에서 헤어진다/ 언젠가 풀리는 날 눈덩이처럼 뭉칠 사람들// 당신 잘 되길 바라요, 흥업!

— 시「흥업」전문

이제 흥업은 KTX가 지나가는 속도만큼 흥이 차오르고 청춘의 함성만큼 흥이 넘쳐나서 예술을 꿈꾸는 당신이 더 많아지고 행복한 곳이 되기를 소망한다.

만종역과 코스모스

지금은 KTX가 서는 새 역사지만 그 옆 어딘가에 유류 화물열차가 지나가는 간이역이 있었다. 마을 앞에 있는 치악산 비로봉을 바라본다는 뜻으로 망종望宗이 변하여 만종이 되었다는 만종역萬鍾驛, 가을이 궁금할 때 가끔 찾아가던 곳이다. 작은 역사 한켠에 하늘거리는 코스모스 꽃밭이 있어 해마다 코스모스음악회가 열리곤 했다. 꽃밭을 안내하는 허수아비 역장에게 말을 걸거나 무수한 손을 흔드는 바람개비들 사이로 걷다보면 만종의 가을이 더없이 고즈넉하게 느껴졌다.

당신은 거기 서 있어요/ 이젠 내가 당신에게 다가갈게요/ 코스모스 꽃밭 속 역장이 손을 흔들면/ 바람개비가 기차보다 빠르게 달려나가고/ 한낮의 햇빛에 백일홍이 옅은 기침을 할 때/ 시든 벽화에서 나비가 일제히 날아올라요/ 그 아래 회색 줄무늬 고양이가 졸고 있고요/ 금잔화가 토란

●

만종역, 캔버스에 유채, 10F

잎에 가려 가끔 토라져요/ 역 마당엔 차 대신 빨갛게 말라가는 고추들/ 창문 없는 푸른 기차가 표정을 닫고 지나가요/ 기억은 못처럼 꼿꼿한데/ 지금 KTX가 속도를 자랑할 때 낮은 목소리로/ 당신을 불러봅니다/ 바라본다는 말이 가지는 운명처럼/ 바라본다는 말의 연결고리에 나와 당신/ 치악산 비로봉처럼 우뚝 솟아/ 결코 사라지지 않을 망종望宗이라는 말/ 속도 곁에 흔들리지 않는 철로처럼/ 나 거기 서 있을게요/ 가을날 석양을 신고 만종역으로 걸어갈 때/ 유류 화물열차 푸른 등 너머로/ 각혈하듯 쏟아지는 저녁 종소리

— 시「만종역」전문

가을날 석양을 이고 만종역 철로에 서면 어디선가 쏟아지는 저녁 종소리, 밀레의 만종이 들려온다. 바쁜 걸음 멈추고 아득한 철길을 바라보면 그 끝에서 누군가 두 손을 모으고 서 있다. 떠날 일도 잊은 채 노루 해가 산 능선을 넘어 사라질 때까지 그 자리에 서 있다. 그 순간만큼은 나도 만종이 되는 것이다.

속도도 좋지만 그 속도에 밀려 쉼터 같은 간이역이 사라지는 것이 안타깝다. 역 마당엔 자동차 대신 빨갛게 말라가는 고추가 널려 있고 시화전이나 사진전이 열리는 역 사 앞뒤로 화단엔 백일홍, 금잔화, 야생화들이 나비 벽화를 배경으로 철 따라 피어나는 곳. 가끔 줄무늬 고양이들이 도망가지도 않고 배를 드러내고 뒹구는 곳. 기타 선율과 노래 소리가 코스모스 단원들과 어울려 합주를 이루는

곳. 무엇보다 논두렁을 지나가야 만날 수 있는 곳.

나는 KTX 이전의 작고 정겹던 간이역, 코스모스 여전히 하늘거리는 그 가을 속 만종역으로 걸어간다.

●

세상의 모든 봄은 반곡역에 내린다

두 그루 벚나무가 간이역을 배경으로 나란히 서 있다. 그 이름 반곡역.

나의 봄은 이 두 그루 나무를 보는 것으로 족하다. 지금은 원주 반곡동에 혁신도시가 들어서서 주변이 화려하게 바뀌었지만 반곡역은 예나 지금이나 한적한 산자락 아래 두 그루 벚나무와 함께 서 있다. 기차가 서지 않는 간이역에서 혁신도시 직원들 출퇴근을 위해 잠시 운행되다가 중앙선 복선전철화가 완료되면서 다시 문을 닫기까지 우여곡절을 간직한 채로….

나만의 연례 행사가 있다면 봄엔 반곡역을, 가을엔 만종역(KTX 이전의 구 역사)을 찾아가는 것이다. 분홍빛 가득 반곡역 벚나무와 만종역 뜨락을 가득 채우는 코스모스들…. 계절을 느끼기에 이보다 더 좋을 수 있을까. 오래된 작은 역들이 사라진 자리, 고속철 역사가 들어선 대도 나는 그 이전의 모습을 간직한 간이역이 좋다.

●

반곡역, 캔버스에 유채, 8F

역 마당에 차를 세우고 고개를 들면 두 그루 벚나무가 문지기처럼 서서 상춘객들을 반긴다. 적요한 마당이 상춘객들로 붐비는 순간이다. 아이 하나가 뛰어간다. 나무는 두 팔 벌려 화르르 꽃잎 인사들을 날려보낸다. 고사리손 가득 꽃잎을 움켜쥔 아이가 꽃잎을 불어 화답한다. 봄날은 아이도 어른도 즐겁다. 우산도 없이 꽃비를 맞는 호사를 이곳에 오면 만날 수 있다.

그런데, 나무는 언제부터 그 자리에 서 있었을까?

반곡역은 치악산 자락에 있는 중앙선 기차역으로 일제강점기인 1941년 개통했다. 당시 일제의 자원수탈을 목적으로 강원도 지역의 목재, 광물 자원 등을 수송하기 위해 지어졌다. 한국전쟁 때는 인민군이 장악하여 전투가 벌어지는 등 아픈 역사를 고스란히 안고 있다. 근대에 수입된 서양 목조 건축 기술과 당시의 건물 구조를 알 수 있는 역사적 가치 외에도 개통 당시의 모습이 그대로 보전되어서 그 건축적, 철도사적 가치를 인정받아 2005년 근대문화유산으로 등록되었다. 지금은 반곡역사 갤러리로 역과 관련한 사진전이나 그림전이 종종 열린다. 곧 치악산 똬리굴과 연계하여 폐역을 활용한 관광열차를 운행할 것이라 한다.

멈추었지만 결코 멈추지 않을 반곡역, 그를 사랑하고 찾는 사람들 온기 때문일 것이다.

역사驛舍의 시작과 더불어 누군가가 저 벚나무를 심었으리라. 사람 나이로 치면 80세 어르신이다. 그래서일까, 고목은 해마다 관절

●

통을 앓는지 팔다리가 잘린 채 야위어가는 형상이다.

어느 봄날 찾아갔을 때 팔이 잘린 벚나무엔 꽃이 덜 피었는데 그 옆의 나무엔 불 켜진 전등처럼 꽃이 환했다. 같은 하늘 같은 장소지만 하나는 활짝 피고 하나는 덜 피어서 나무의 건강을 염려하게 된다. 박공지붕을 배경으로 활짝 핀 벚꽃들의 웃음을 언제까지 볼 수 있을지, 설령 나무가 쓰러진다 해도 반곡역은 여전히 그 자리에 서서 나무를 그리워할 것이다.

나의 봄을 아름답고도 풍성하게 채워주는 두 그루의 벚나무, 마침 사월 하늘 아래 우산도 필요 없는 꽃비가 일제히 내린다. 그리하여 나는 외친다.

세상의 모든 봄은 반곡역에 내린다고….

먼나무와 동백의 땅

먼나무, 캔버스에 유채, 2F

원주에 공항이 생겼을 때 서울을 가지 않고도 제주도를 갈 수 있다는 사실에 하늘만 쳐다보아도 설레는 기분이었다. 서울 가는 것보다 제주를 가는 게 더 빨라 비행기를 타면 이륙하자마자 얼마 안 돼 내리는 느낌이었다. 남쪽에 못 가본 수두룩한 도시들과 달리 제주는 열 번 이상을 갔던 것도 공항이 가깝다는 이유일 것이다. 또한 갈 때마다 새롭고 계절을 앞서가는 제주는 여행의 묘미를 느끼기에 충분한 곳이기도 하다.

어느 해 겨울, 일행들과 제주도를 찾았다.

제주에 내려 공항을 벗어나 시내를 달리면 한눈에 들어오는 가로수가 있었다. 무성한 초록 잎사귀마다 알알이 박힌 보석알처럼 빨갛게 매달린 열매들, 순간 나무의 이름이 궁금해져서 버스의 안내원에게 물었다.

"저 나무는 뭔 나무인가요?"

"정답을 물어보면 어떡합니까?"

"네?"

"질문이 정답입니다. 먼나무."

우리는 일제히 웃었다. 먼나무라니, 질문이 정답인 최초의 나무였다. 빨간 열매에 독이 있어 눈이 멀 수도 있는 아름다운 나무, 멀리 남쪽에서만 자생하는 나무, 멋있는 나무란 뜻의 멋나무였다가 발음상 부드러운 먼나무가 되었다는 유래 등 먼나무에 대한 호기심은 제주를 떠나와서도 끊이지 않았다.

　　먼나무는 여기서 얼마나 멀까 먼나무는 멀어서 아름답다고 쓰는 밤. 멀구슬나무가 먼나무가 되려면 안간힘을 써서 더 붉어져야 하듯 멀건 슬픔은 눈 멀 수 없기에 먼나무는 독을 품고 붉은 열매를 매달았다 먼나무를 멀리 있는 눈 먼 나무라 오독하는 자유가 내겐 있다 남쪽 땅끝에서 보았던 먼나무, 저게 뭔 나무죠 물었을 때 정답이라며 안내원이 웃었다 질문이 정답인 최초의 나무, 제주에 흔해 제주 하면 푸른 바다보다 먼저 떠오르는 먼나무 가로수길, 먼 것은 죄다 그리워 수금지화목토천해명 행성이 되지 못해 퇴출된 명왕성은 혼자 울며 얼마나 멀리 갔을까 카이퍼벨트지나 안드로메다 어디쯤 아버지 그리고 당신… 나를 떠난 모든 것들은 먼나무가 되었다 이 오독은 먼나무에 대한 예의는 아니어서 멋 나무를 먼나무로 제멋대로 읽어서 나무를 뿔나게 할지도 모른다 눈앞에 없는 먼나무를 상상하다가 저무는 밤 다만 먼 것은 마음 깊은 곳에서 붉게 자란다

― 시 「먼나무」 전문

　　제주의 관문에 먼나무가 있다면 내륙 곳곳에 동백꽃이 제주의 심장 마냥 붉었다. 겨울에도 붉은 꽃 숭어리를 달고 푸르게 선 동백나무를 보면 따뜻한 제주의 또 다른 아름다움을 보는 듯했다. 특히 꼬마 기차를 타고 들어간 숲에 내렸을 때 환한 조명을 가지마다 단 동백숲을 보고 나는 그만 탄성을 질렀다. 빛과 그늘과 꽃의 조화가 이

토록 아름다울 수 있을까. 까마귀도 사람을 보고 날아가지 않고 숲 의자에 앉아 기꺼이 한 폭 그림이 되는 곳, 기억이 날아가지 않도록 휴대폰에 그 모습을 담았다. 돌아와서 내가 할 수 있는 일은 본 대로 느낀 대로 그림을 그리는 일이었기에.

푸른 입술 붉은 눈동자의 먼나무와 붉은 심장의 동백, 제주 하면 떠오르는 두 그루 나무가 내게로 걸어온다. 먼 것은 멀어서 아름답다. 별처럼, 은하수처럼, 당신처럼.

제4장
바다로 걸어간 이젤

강과 바다가 만나는 곳

남대천 하구, 캔버스에 유채, 10F

강과 바다가 만나는 남대천 하구. 멀리 낙산대교가 보인다. 모래사장 너머는 동해다. 내가 양양에서 제일 좋아하는 장소면서 지금도 양양에 가면 꼭 들르는 곳이다. 상류인 법수치 계곡서 흘러내린 강물이 남대천 하구에 와서는 잔잔해져서 바다로 흘러가는 광경을 지켜보노라면 삶은 강물처럼 흐르다가 본연의 바다로 돌아가는 과정이라는 생각이 든다.

예전엔 좁은 둑길밖에 없었지만 지방자치시대를 맞아 남대천도 많은 변화가 있었다. 소풍날 일렬로 서서 조산 솔밭까지 걷던 둑길은 차가 다니는 화려한 벚꽃 명소가 되었다. 그 아래엔 송이조각공원, 억새데크길, 수상카페 등이 들어서 있고 계절 따라 많은 꽃들이 피고 지는 쉼터가 조성되었다.

1급수 남대천엔 은어나 뚜거리, 연어 등이 많았다. 아버지는 은어를, 동생은 뚝지라 불리는 뚜거리를 잡는데 일가견이 있었다. 은어회나 튀김은 귀한 손님이 오면 밥상에 올랐다. 동생은 투망을 가지고 나가면 뚜거리를 그득하게 잡아왔다. 다른 사람은 허탕을 쳐도 동생은 매일같이 뚜거리를 잡아왔다. 엄마가 가마솥에 삶아서 방망이로 으깨는 광경을 본 나는 뚜거리탕을 먹지 않았다. 온 식구가 맛있게 뚜거리탕을 먹는 날은 내가 밥을 굶는 날이었다. 그래도 강가에서 놀거나 멱을 감는 일은 즐거웠다.

강은 늘 곁에 있었지만 바다는 버스를 타거나 학교 수련회를 해야 갈 수 있는 곳이었다. 머리가 굵어진 나는 버스를 탈 줄 알게 되면서 낙산을 자주 갔다. 드넓은 모래 사장, 끝없이 펼쳐진 푸른 바다를 보고 오면 강줄기에서 놀던 내가 작게 느껴지고 저 바다처럼 크고 넓은 세상에 나가 마음껏 꿈을 펼치리라 다짐을 하곤 했다. 스무 살이 되면서 떠난 강과 바다, 영 너머 서쪽에 살면서 늘 그것들을 그리워했다. 꿈을 꾸면 시퍼런 바닷물이 출렁거리거나 잔잔한 강에서 조개 줍는 내가 있다. 남대천을 통해 동해로 나아가 먼 베링해를 돌고 돌아 돌아오는 연어를 생각한다. 결국은 강과 바다가 만나는 곳에 서 있는 나를 발견한다.

배 한 척이 줄에 묶인 채 흔들리고 있다. 저 배는 강을 지나 바다에 닿고 싶은 꿈으로 일렁이는 걸까. 아직 물이 덜 오른 억새데크길, 버드나무가 바람에도 의연히 서 있다. 여기 오면 숨결을 고르고 조용히 응시하는 것만으로 마음이 평안해지는 느낌이다. 세상의 상처, 오염된 생각을 내려놓고 돌아와 마주하는 강물은 늘 말이 없다. 그러나 흘러가는 것으로, 드디어 바다에 가닿는 것으로 강물의 일생은 끝이 난다. 여기까지 오는 동안 수고한 강물에게 인사를 건넨다.

— 안녕. 그동안 고생 많았어….

바다로 걸어간 이젤

아버지, 바다에 다 와 갑니다

이제 그만 지게 내려놓고 웃으셔요

당신 등에 매달려 웃고 울었던 날들이

파도가 되어 밀려옵니다

모래는 부서지기 위해 얼마나 바위를 견뎠던 걸까요

달은 지구를 당기려고 얼마나 안간힘을 쓴 걸까요

여기까지 당도한 파도에게 잘 왔다고 말해줍니다

아버지, 바다에 와보니

뼈대만 남은 두 다리뿐이네요

당신이 꿈꾼 그림은

수평선 너머 어딘가에 잘 있겠지요

나는 혼자 바다 앞에 서 있어요

내 몸에도 걸리지 않는 바람이

뼛속까지 스며드는 겨울 바닷가

●

바다, 이젤, 캔버스에 유채, 10F

스케치북 내려놓고 그네를 탔어요

여기서는 아무 말도 하지 않을 거예요
아무 그림도 그리지 않을 거예요

그러니 아버지,
이제 그만 일어나 걸으세요
나랑 같이
팔짱도 끼고 걷고 달리고 하루 해를 보내요

아버지 가벼워진 등 뒤로 붉은 노을이
자꾸만 따라옵니다

— 시 「바다로 걸어간 이젤」 전문

바다는 푸른 백지다. 그 앞에만 서면 방향도 생각도 길을 잃는다. 그저 걷거나 바라볼 뿐이다. 바다는 바라만 보아도 다 받아주어서 그 이름이 '바다'인지도 모른다.

바다의 식솔이었던 유년엔 양양광업소 하계휴양소가 설악해수욕장 후진에 있었다. 덕분에 해마다 여름이면 바다에서 해수욕을 즐겼다. 그때의 설악바다, 내겐 추억으로 가득한 서랍 같은데 그 바다로부터 떠나와 멀리 서쪽에 살면서도 마음은 항상 바다가 있는 동쪽으로 기울어지곤 한다.

　까만 고무 튜브 하나로 행복하던 바다, 해수욕을 즐길 땐 아버지가 광산을 다니시는 게 그리 뿌듯할 수 없었다. 천막엔 대한광업소 양양철광이란 글씨가 또렷했다. 아버지가 큰 회사를 다녀 해수욕장을 여름마다 갈 수 있다는 게 자랑스러웠다. 어린 눈에도 바다는 넓은 세계로 나가는 통로 같았고 내가 보았던 제일 큰 세상이었다. 나는 바다를 좋아했다. 바다에서 하루종일 해수욕을 해도 질리지 않았다. 내가 바다에서 놀 때 아버지는 바위에 올라가 낚시를 했다.

　바다낚시는 아버지의 유일한 취미였다. 놀래기며 우럭, 섭, 미역 등 밥상머리엔 항상 아버지가 끌어올린 바다로 출렁거렸다. 아버지는 시간 날 때마다 바다를 찾았다. 바다를 굽어보며 무슨 생각을 하셨을까. 학업도 포기하고 가족의 생계를 짊어진 채 광산에서 주야 교대근무를 하면서 달려온 삶을, 그 푸른 빛이 주는 안식으로 잠시나마 내려놓고 싶으셨을까. 정작 아버지의 꿈은 무엇이었을까.

　어느 날 바다를 그리려 바다에 와서는 아무것도 그릴 수가 없었다. 생각을 몰고 끊임없이 파도가 밀려왔다 밀려가는 모습을 지켜보았다. 바닷가에 이젤을 세워놓으니 그 두 다리가 가슴 속으로 저벅저벅 걸어들어왔다. 이젤이 건네는 말들을 시로 받아적었다. 마지막엔 나도 모르게 눈물이 나왔다.

　아버지는 이제 좀 편안해지셨을까. 너무 일찍 철들어 무겁기만 했던 가장의 무게를 지게처럼 짊어지고 그 너머 푸른 통로를 걸어

●

가는 아버지. 그 순간 파도가 와서 모래톱을 적신다.

"우리 딸, 이제 왔구나. 오래 기다렸어. "

선물

― 고양이를 그려줘.

소설 쓰는 L선생님이 불쑥 말했다. 고향에 작업실을 마련한 선생님께 선물할 초상화를 생각했지만 고양이를 그려달라는 선생님 말씀은 뜻밖이었다. 얼마 후 휴대폰으로 여러 장의 고양이 사진이 전송되어왔다. 열어보니 세 마리의 고양이가 혼자 혹은 같이 모여 있었다. 한 마리는 처음부터 키웠고 두 마리는 길냥이들을 입양한 것이라 했다.

― 양을 그려줘.

불시착한 사막에서 만난 어린왕자가 말했다. 어린왕자는 조종사가 그려주는 그림이 마음에 들지 않았다. 그러자 그가 아무렇게나 상자를 그려주며 그 안에 네 양이 있어 했더니 뜻밖에 기뻐했다. 그 마음에 순수함이 있어서 가능한 일이리라. 나도 내심 고양이들을 그리며 선생님 마음에 들지 않으면 어쩌지 걱정이 되었다. 그렇다

고양이들, 캔버스에 유채, 10P

고 바구니만 그릴 수는 없는 노릇이었다. 다행히 그림을 보고 선생님은 좋아하셨다.

여고 2학년. 트렌치코트를 입은 소설가 대선배가 학교를 방문했을 때 마치 꿈을 꾸는 기분이었다. 먼 발치에서 보아도 빛나는 웨이브 머릿결, 작가의 아우라가 느껴졌다. 카랑카랑한 목소리로 열정의 강의를 들었다. 작가가 되고 싶은 꿈은 그때부터였을 것이다. 마침 문예반이 있어 책도 읽고 공모전도 나가면서 산문을 쓰다 막연히 국문과를 갔다. 그러나 대학생활은 내가 우물 안 개구리라는 사실만 확인하는 과정이었다. 최루탄이 난무하던 교정, 사회주의 참여문학은 내가 생각하던 순수문학과는 너무도 거리가 멀었다. 그렇게 멀어진 소설가, 혹은 작가의 꿈은 돌고 돌아 불혹 나이에 결국 운명이 손들어준 시인이라는 이름으로 다가왔다.

첫 시집을 내고 여기저기 시집을 부쳤을 때 자그만 택배 상자를 받았다. L선생님이 보낸 거였다. 열어보니 그동안 선생님이 써온 책들이 사인과 함께 들어 있었다. 그런데 책 표지에 붙은 포스트잇을 발견한 나는 푸핫 웃음을 터트렸다.

— 경자의 선물

너무 귀엽지 않은가. 이토록 깜찍한 메모의 선물이라니, 까마득한 고향 후배에게 정성을 담아 이름을 적어 책을 챙겨주신 그 마음이 소중하게 다가왔다. 언젠가 나도 선생님께 마음의 선물을 해야겠다는 생각이 드는 순간이었다.

●

그해 여름 고향에 있는 선생님 작업실에서 만나 고양이 그림을 걸었다. 같은 고향을 두고 글을 쓴다는 것이 선후배를 떠나 내겐 천군만마를 얻는 일이다. 선생님은 문학 외의 일엔 관심이 없으신 듯 후배들이 남 얘기나 땅값 이야기 등 세상사 대화를 할 때 그런 거 말고 글 쓰는 얘기하자 할 정도로 문학에의 열정이 큰 분이다.

서울에 두고 온 고양이가 보고싶을 때 그림을 보면서 미소를 지으실 선생님 모습에 마음이 따뜻해졌다. 선생님은 마당 뜨락에 있는 장미를 꺾어주셨다. 텃밭에 심으라고 신문지에 둘둘 말아주셨다. 선물은 마음을 건네는 일이고 그 마음을 불씨 삼아 온기를 간직하는 일이다. 누군가의 선물은 누군가의 마음이다.

니 시방 뭐하고 있노?

스님과 산신각, 캔버스에 유채, 10F

부론, 그 강을 따라가면 작은 암자가 있다. 처음 찾아갔을 때 늙고 추레한 한 스님이 절 마당에서 삽질을 하고 있었다. 대웅전과 요사채가 전부인 암자, 마당에 벽돌로 무언가를 쌓아올리는데 그 높이가 상당했다.

"스님, 여기에 무얼 지으시나요?"

"응, 사람들 오면 편히 묵으라고 쉬엄쉬엄 하는 거여."

언제부터였는지, 언제 완성될지 스님도 모르는 일이라 했다. 원고 써서 돈 들어오면 벽돌 몇 장 사서 올리고 힘들면 쉬어가고, 스님은 그 어떤 것에도 연연하지 않는 바람 같았다. 이후 몇 년이 흘러 방 네 개에 각각 화장실이 딸린 건물이 오직 스님의 손으로 지어졌으니 기적과도 같은 일이었다.

고요한 산속에 위치한 암자, 그 산중 암자의 스님을 처음 뵌 날은 지금도 생생하다.

홍길동전을 지은 허균의 스승, 손곡 이달이 있던 곳으로 유명한 부론면 손곡 2리. 손곡저수지가 내려다보이는 산 중턱, 이곳은 또한 손곡 이달의 스승이었던 한 스님의 절터였다고 한다.

스님은 소설가지만 해마다 사월 초파일이면 부처님 오신 날 봉축 붓다 시 낭독 콘서트를 열어 시인들을 초청하곤 했다. 법당에서 혹은 절 마당에서 시인들이 시를 낭독하고 초대 가수가 공연을 하고 누구나 와서 함께할 수 있는 곳이다.

●

― 숙아, 시 한 편 보내줘.

스님의 문자를 받으면 늘 고민이 되지만 나는 이미 발표한 시보다는 신작시를 써서 부처님께 제일 먼저 낭독해드리자고 마음먹었다. 멀어서 자주 못가지만 초하루만큼은 가려고 노력했다. 그러던 어느 날 대웅전에서 기도하고 나오는데 법당 계단 한쪽에 누군가 웃음을 흘리고 있어 보았더니 작약이었다. 작약 몇 송이가 활짝 피어 바람에 하늘거리는데 그 순간 내가 올리던 기도도 바람[願]도 사라지고 오직 작약만이 내 가슴에 남았다. 그때 쓴 시가 첫 시집 제목이기도 한 「모란이 가면 작약이 온다」이다.

소설 쓰면서 시를 사랑하는 스님. 스님이 해마다 보내는 원고료도 없는 청탁에 응답을 하는 일, 무엇보다 소중하고 숭고한 일이 되었다.

니 뭐하고 있노?

니 시방 뭐하고 있노?
나이가 적나, 뭐가 슬프노?
싸락눈 사이로 어머니 산에 묻고
돌아와 소리없이 흐느끼는데
아버지, 옛모습 그대로 흰 두루막 입고
금방이라도 떠나실 듯 찾아와 꾸짖으신다

●

울지 마라,

형도 누이도 못 온다고 니가 아무리캐도

그럴 리 없다고 기다리는 모습이

하도 애처로버서

그만 데리고 왔다

먼저 떠난 니 형도, 누이도 다 잘 있다

땅에서는 하고 싶었던 말도

천상에서는 눈 녹듯 없다

그리워하지 마라

맘에 두지 마라

니 뭐하고 있노, 무릎 꿇고 살아라

돌아서시는 아버지 뒤따라

꿈길에서 무릎걸음으로 달려나가니

물, 불, 흙, 바람

새벽달이 환하다

— 숙아, 시 한 편 보내줘.

올해도 문자가 올까? 붓다 시 콘서트는 언제까지 계속 될까? 알 수 없다.

내가 암자에서 제일 좋아하는 장소는 산신각이다. 대웅전 뒤편에 소박하게 자리한 산신각, 어쩐지 스님을 닮아 조금 허술한 그 모습이 나는 좋다. 그 앞에서 책을 읽던 스님의 모습을 그렸다. 그늘에 깃든 스님이지만 표정은 밝고 마침 조팝나무가 환한 웃음을 터트리는 봄날이었다.

●

아직 쓰지 못한 시

고양이, 캔버스에 유채, 10F

고양이가 저만치에서 나를 바라본다. '저만치'는 고양이와의 마음의 거리다. 늘 멀지도 가깝지도 않은 거리, 부르면 '야옹' 하고 달려올 거리다. 앞발을 가지런히 모으고 표정은 언제나 시크하다. 함부로 인간의 음식을 탐하지도 않고 귀찮게 달려들지도 않는다. 열 살이 넘어도 고양이는 여전히 귀엽다. 딸이 자주 하는 말이 있다. 고양이는 지금이 가장 귀엽다고. 열 살이면 사람으로 치면 5,60대인데 고양이는 늙는 법이 없다.

고양이가 햇살 목욕을 즐기는 걸 본다. 이럴 때 고양이 등은 악기가 되어 햇살을 튕기는데 가만히 등을 쓰다듬으면 기분 좋은지 배를 뒤집는다. 하얗디하얀 고양이의 배에 햇빛이 고인다. 세상의 평화가 몰려드는 느낌이다. 가끔은 베란다 난간에서 밖을 하염없이 내다보기도 하는 고양이, 야생 범의 유전자가 흐르는지 그도 상수리숲 어딘가 지저귀는 새라도 잡고 싶은 걸까? 그럴 때 고양이 등은 외로운 산의 능선 같다.

고양이를 입양하던 날 딸들은 환호성을 질렀다. 햄스터도 키워보고 토끼도 키워보았지만 돌보는 일이 쉽지만은 않거니와 막상 반려동물의 짧은 생을 마감할 때 느끼는 슬픔을 두 번 다시 겪고 싶지 않아서 처음에 나는 망설였다. 그러나 생후 한 달의 아기 고양이는 그 모든 우려를 덮을 만큼 치명적인 눈빛을 하고 있었다. 고양이는 그렇게 우리에게 왔다. 먹이와 간식을 주고 귀여워하는 건 아이들의 몫이고 고양이가 집안을 뛰어다니며 가구를 긁는 통에 혼내는 건 내 몫이었다. 수컷 고양이는 매사에 호기심이 많지만 그만큼 의심도 많아서 사람에게 선뜻 곁을 내주지 않았다. 모르는 사람이 오면 후다닥 어딘가로 숨었다.

에어컨을 설치하러 기사가 집에 왔을 때였다. 큰 박스들이 등장하고 설치 도구들이 왔고 기사 둘이서 땀을 흘리며 벽에 드릴로 구멍을 뚫는 동안 정신없는 소음이 계속 되었다. 몇 십 분이 흐르고 일을 끝낸 기사가 돌아갈 때 출입문이 열려 있다는 걸 깨달았다. 갑자기 고양이가 생각나 집안을 뒤지기 시작했다. 구석구석 찾아도 고양이는 보이지 않았다. 열린 문 사이로 아파트를 탈출한 걸까, 딸들이 울면서 고양이를 찾아 밖으로 뛰쳐나갔다. 나는 소파에 앉아 그동안 구박한 고양이에 대한 미안함과 자주 창밖을 응시하던 모습의 안쓰러움을 생각했다. 집을 나가 들냥이들에게 공격당하면 어쩌지, 차에 받히기라도 하면…. 온갖 불길한 생각이 몰려왔다. 아이들도 온 동네를 헤맸지만 고양이를 찾지 못하고 풀이 죽어 돌아왔다. 그래도 저녁은 먹어야겠기에 밥상을 차리고 있을 때 갑자기 딸이 소리쳤다.

"엄마, 고양이 여기있어!"

고양이가 발견된 곳은 딸의 옷장 속이었다. 어떻게 옷장 문을 열고 들어가 그 속에서 옷을 뒤집어쓰고 감쪽같이 숨을 수가 있었는지, 헛웃음이 나오는 순간이었다. 그 후로도 위기에 대처하는 고양

187

이의 호신술은 혀를 내두를 정도여서 한번은 안방 화장실 (인간이 안 드나드는 외진 곳이라는 그만의 생각이 분명함) 세면대에 올라가 웅크리는가 하면 침대 밑에 납작 엎드려서 위기(?)를 모면한 적도 있었다.

이제 고양이는 열 살이 되었다. 막상 드는 생각은 우리가 고양이를 돌본 게 아니라 고양이가 우리를 돌보아주었다는 것이다. 늘 저만치에서 바라봐주고, 잘 때 솜털이불이 되어주고, 나방이나 벌레를 잡아다주고, 햇빛과 노는 법을 알려주는 고양이, 그 무념무상의 책을 읽다보면 시큰해져서 언젠가 다가올 이별을 마주하고 싶지 않다.

한 달 전 인터넷에서 딸이 주문한 택배가 왔다. 크고 묵직한 박스였다. 열어보니 더위를 타는 고양이를 위해 얼음팩을 내장할 수 있는 커다란 대리석 판과 침대를 오르내릴 때 관절에 무리가 가지 않을 스펀지 계단이었다. 고양이를 위해 거금을 투척했을 딸에게 전화를 걸었다.

"야, 나도 덥거든. 그리고 관절도 쑤시거든."

어찌 보면 유치한 질투 같은 감정이 들었는지도 모른다. 딸이 웃으며 말했다.

"에이, 엄마는 더우면 에어컨 틀 수 있잖아. 자전거도 타고 운동도 하잖아. 고양이는 우리가 집에 없음 아무것도 못하잖아."

고양이와 함께한 십 년 동안 딸들도 꼬맹이에서 숙녀로 컸다. 키만 큰 게 아니라 무언가 배려하는 마음도 함께 자라난 것이었다. 세상에, 고양이 땀과 관절을 생각하다니….

　박스에 들어간 고양이가 나를 멀뚱멀뚱 쳐다본다. 그래, 우리 관절 잘 돌봐서 함께 오래도록 건강하자꾸나, 이별은 우리에겐 없는 말이다.

　내겐 아직 쓰지 못한 시가 있다. 그 이름 고양이.

코로나 불꽃으로

피렌체 일몰, 캔버스에 유채, 10P

2019년 유월의 마지막 날 늦은 오후, 딸 둘과 나는 피렌체 미켈란젤로 광장에 있었다. 계단에 삼삼오오 사람들이 모여들었고 우리도 그 대열에 함께 있었다. 멀리 두오모 대성당이 보이고 갈색 지붕들이 석양을 받아 붉게 빛났다. 모두 계단에 앉아 피렌체의 일몰을 기다리는 중이었다. 몹시 더운 탓에 갈증이 나자 딸이 뛰어가 맥주를 사왔다. Corona Extra라 적힌 투명한 병 맥주 한 모금을 들이켜니 뚜벅이여행의 피로가 단번에 가시는 느낌이었다. 두어 모금을 들이켤 때 해가 막 지고 있었다. 그랬다. 그곳에 모인 사람들은 지는 해를 보기 위해 그 자리에 모여든 것이었다. 웃고 떠들고 노래하거나 맥주를 마시면서, 그 자유가 얼마나 소중한지 그때는 미처 몰랐다.

"저기 해 좀 봐."

"완전 멋지다. 우리의 여행을 위해 건배!"

딸이 다소 흥분한 목소리로 맥주병을 들었을 때 나는 보았다. 노른자 같은 햇덩이가 투명한 병 속으로 뛰어드는 것을, 그 순간을 놓칠 수 없어 서터를 눌렀다. 높은 언덕에서 오랫동안 지켜보았다. 도시 너머 산으로 떨어지던 붉은 해, 모두가 함성을 지르거나 노래를 부르거나 옆사람과 부둥켜안는 등 저마다 피렌체의 저녁을 즐기던 순간이었다.

큰딸이 병원 취업을 앞두고 유럽여행을 하고 싶다고 했을 때 혼자 보낼 수 없어 이미 배낭여행 경험이 있는 동생과 같이 가라고 했다. 둘이서 꿍냥꿍냥 여행 계획을 짜길래 지켜보다가 언제 또 성인이 된 딸들과 여행하랴 싶어 나도 일주일만 함께 하기로 마음먹고 떠나온 이탈리아였다. 유월 말의 이탈리아는 살인적 더위가 기승을 부렸다. 구글 앱을 깔고 딸들이 길을 찾고 나는 그저 따라다니는 처지였지만 줄곧 걸어다니다보니 땀이 줄줄 흐르고 어디 그늘이라도 발견하면 반갑기 그지없었다. 유럽의 오늘을 보려면 프랑스로 가고 과거를 보려면 이탈리아로 가라는 말이 있듯 이탈리아 로마는 곳곳에 쇠잔한 유물이나 유적지가 고스란히 잘 보존되어 있었다.

낮에 본 콜로세움을 저녁에 다시 지나갔다. 지친 다리도 쉴 겸 콜로세움을 마주한 다리 난간에 걸터앉아 텅 빈 창문마다 빛나는 불빛들을 바라보면서 시간의 허망함을 느끼기도 했다. 사이프러스 나무가 수호하는 저녁의 콜로세움을 오래도록 바라보았다. 저 원형경기장에 가득찬 함성들이 사라진 자리, 창마다 반짝이는 그 불빛들은 어디서 왔을까. 어쩌면 먼 미래의 행성에서 온 전사들의 눈빛이 반사되어 별처럼 빛나는 건 아닐까.

로마를 떠나 피렌체에 왔을 때 미켈란젤로를 비롯, 수많은 예술가를 배출한 도시답게 피렌체가 주는 매력에 빠졌다. 우피치미술관, 베키오궁, 두오모대성당을 둘러보고 아르노강에 놓인 베키오다리를 건너 미켈란젤로광장을 걸어서 올라갔다. 작렬하던 태양 빛도 점차 누그러져 바람이 부니 모든 피로가 씻기는 듯했다. 이미 올라와서 자유롭게 버스킹하거나 웃고 즐기는 사람들로 광장은 북적였

저녁의 콜로세움, 캔버스에 유채, 10F

다. 우리도 자연스럽게 도시를 배경으로 사진을 찍고 지는 해를 기다렸다. 2019년의 초여름 시작이었다. 그러나 채 6개월도 안 되어 그때의 자유가 얼마나 소중한지 깨닫게 되는 일이 발생했다.

바이러스 명 COVID-19.

3년이 넘도록 여행은커녕 소소한 일상이 바이러스로부터 위협을 받게 되었다. 미켈란젤로광장에서 코로나 맥주를 마시면서 바라보았던 노을도 실은 태양의 사위어가는 코로나 불꽃인지도 모른다. 예술은 인간의 영혼에 최고의 가치를 부여하는 왕관에 도달하는 일, 왕관의 다른 이름이 코로나이듯, 무릇 코로나는 어디에나 존재하는 이름이었다.

―코로나 택시를 불러줘.

―아무도 울지 않는 곳으로 가주세요. 2019년 이전으로요.

●

문화의 거리

문화의거리, 캔버스에 유채, 15F

저녁은 언제쯤일까? 이녁보다 가깝고 노을보다 어두운 채도를 말할 때 저녁은 온다. 인디언이 말하는 '개와 늑대의 시간', 거리의 가로등에도 불빛이 하나둘 켜진다. '문화의거리'는 이곳 구 시가지의 중심이다. 한바탕 소나기가 지나간 뒤 무심코 바라본 하늘에 붉은 노을이 당도해 있다.

내가 사는 도시엔 장날과 시장이 공생한다. 5일마다 풍물장이라 하여 천변에 죽 들어서는 장날이 있는가 하면 중앙시장이라 불리는 원주의 시장이 있다. 그 중심 도로를 문화의 거리라 부른다. 예전엔 좁은 도로를 비집고 시내버스가 다니기도 했지만 지금은 차량 통행이 규제되고 대신 프리마켓이 열리거나 문화공연이 펼쳐지기도 한다. 사람들은 손수 만든 공예품이나 농산물, 옷 등을 들고 나와 크고 작은 거리의 매대를 꾸민다. 여길 지나갈 때는 지갑이 얇은 것을 아쉬워하게 마련이다. 또한 온갖 반짝이는 불빛들이 그물을 펴듯 밤하늘에 걸쳐 있다. 문화에 상대적 소외감을 느끼는 소도시에 문화의거리는 이름만큼이나 문화적이다.

원주의 시내 중심을 가로지르는 세 갈래의 길을 A도로, B도로, C도로라고 부르던 시절이 있었다. 미8군 캠프롱이 있어서인지 도로 이름에 알파벳이 들어가다니 명칭 하나도 문화의식 부재를 말하는 듯 씁쓸하다. 이후 A도로는 원일로, B도로는 중앙로, C도로는 평원로로 바뀌 불렸지만 나는 B도로나 중앙로보다 '문화의거리'라는 말의 느낌이 더 좋다. 사람이 살아가는 여러 방식이 녹아 있는, 유일하게 차가 다니지 않는, 사람을 위한 거리가 '문화의거리'라는 생각이 든다.

나는 여기서 일을 하고 상인들을 만난다. 매일 지나다니는 문화의거리에 직장이 있다. 시장을 돌며 사람들 이야기를 들어주고 밥도 같이 먹고, 소개도 받고 프리랜서로 뛰는 나는 행운아다. '막 퍼주는' 야채가게, 고양이가 간판서 내려와 군침을 흘리는 '고양이생선' 가게, 동대문이 부럽지 않은 옷가게, 천 원으로 행복한 꽈배기가게, 엄마의 손맛 반찬가게, 매일 손수 구워 싸게 주는 김가게, 후루룩 소리가 더 맛있는 올챙이국수집, 줄 서서 기다리는 순대국밥집과 만둣국집 등 고객이거나 아니거나 매일 웃으며 인사 나누고 안부를 물을 수 있는 시장이 있어 행복하다.

새벽부터 어스름 저녁까지 반복되는 일상이지만 생물처럼 살아 꿈틀거리는 시장 골목을 누비다보면 서로 주고받는 따뜻한 말 한마디에 힘을 얻고 용기를 내게 된다. 살아 있음 자체가 축복이듯 하루 별 탈 없이 저물어갈 때 일제히 문화의거리에 작은 등불들이 환하게 빛을 밝힌다. 오늘 하루도 잘 살았다고 다들 수고했노라고 등불들은 하얀 미소를 지으며 인사한다.

어느 여름 저녁 장마 오기 전 습한 더위가 붉은 노을을 불러왔다. 어찌나 붉은지 그 순간 석양에 반사된 건물들은 불빛과 어울려 붉게 타오르는 듯했다. 내일 비록 소나기가 쏟아질지라도 오늘 최대

치의 붉음으로 문화의거리를 누벼보리라. 손수 바느질해 파는 프리마켓에 들러 모자를 하나 사야지, 그리고 마실가듯 문화의거리에서 버스킹 공연을 보며 박수도 치고 맘껏 소리도 질러야지, 이렇게 하루를 탕진해도 좋은 곳이 바로 문화의거리다. 문화라는 것은 사람들이 하나하나 만들어가고 참여할 때 새롭게 탄생하는 법이다.

시장 사람들은 내가 글을 쓰는지 그림을 그리는지 궁금해하지도 않지만 나는 세상을 바라보는 마음이랄까, 그들로부터 힘을 얻고 열정이라는 걸 배운다. 삶은 치열하게, 현재 진행형이듯 '문화의거리'를 지나갈 때 저 아름다웠던 노을처럼 뒷모습도 아름다운 사람이 되는 것, 지금 이 순간 나의 바람이다.

●

벚꽃잎이 난분분할 때

벚꽃요양원, 캔버스에 유채, 10F

인간은 어디서 와서 어디로 가는가. 한때 이 질문에 몰두한 나머지 종교와 철학에 심취한 적이 있었다. 부모님 몰래 교회에 다니다가 회초리를 맞은 적도 있었다. 누구나 한번 왔다 가는 생, 분명한 것은 믿음을 가지고 실천하며 의를 행하는 삶은 의미가 있다는 것이다. 자신보다 타인을 위하여 베풀며 사는 삶은 가치가 있다는 것이다. 역지사지. 이 땅의 전쟁과 반목은 이 말을 잊은 채 상충한 이기심으로 소중한 생명들을 죽이는 비극이 시작된다. 지금 러, 우크라이나 혹은 가자 지구 등 지구 반대 쪽에서 일어나는 전쟁이 어서 종식되어서 평화가 오길 바란다. 어쩌면 삶이란 지구라는 감옥에서의 유배 생활 같아서 인간은 신과 저 우주의 수많은 별들과 질서에 대해 티끌만한 지식도 알지 못한 채 서로를 증오하면서 살아가는 건지도 모른다.

봄이 되면 환하게 피어나는 벚꽃을 보러 원주천에 갔다. 늘어진 가지들마다 하얀 벚꽃이 송이송이 매달려 전등이라도 켠 듯 눈부셨다. 금대리까지 이어지는 벚꽃길을 천천히 걷는데 우연히 길 건너 맞은편 건물이 눈에 들어왔다. 국도를 따라 지나갈 땐 잘 보이지 않던 건물이었다. 높은 옹벽 위에 있어 무심히 차량으로 지나칠 땐 안 보이던 건물이 맞은편 하천 벚꽃길에서는 너무나 잘 보였다. 거대한 회색 콘크리트 건물은 다름 아닌 요양병원이었다. 그 바로 옆에 장례식장이 있었다. 쌍둥이처럼 서 있는 건물들, 마치 삶과 죽음도

●

쌍둥이처럼 닮아있기라도 하듯.

요양병원 옆 장례식장.

요양병원 창문을 열면 벚꽃 가로수가 펼쳐져 있다. 그 안에 사람들은 이 눈부신 봄의 향연을 어떤 눈으로 바라볼까. 언젠가 집으로 돌아갈 희망보다는 행여 옆으로 옮겨 갈지도 모른다는 두려움에 꽃잎 지는 걸 하냥 바라볼 수만은 없어 커튼을 닫아두지나 않을까. 삶의 화양연화를 그리워하다가도 꽃잎이 난분분하면 화무십일홍 찰나 같은 삶을 돌아보는 순간도 있겠다.

차라리 요양병원 옆에 식물원이나 미술관이라도 있으면 어떨까. 그러나 자본에 물든 상업주의가 이를 허용하지는 않을 것이다. 도심을 지나 한적한 원주천 끝자락이지만 요양병원과 장례식장이 들어서기까지 순탄하지만은 않았을 것이다. 마침내 들어선 저 거대한 콘크리트 속에서 맞은편 벚꽃을 바라보며 조용히 생을 돌아볼 순간이 있어 그 속의 사람들에게 그나마 작은 위안이라도 된다면 좋겠다.

하하호호 웃으며 지나가는 꽃길 위 사람들을 헤치며 혼자 조용히 걷는다. 약 1km 이상 꽃길이 이어진다. 버스킹을 하거나 축제를 알리는 현수막이 봄바람에 휘날리는데 바람이 부니 꽃잎들이 일제히 강물 속으로 뛰어든다.

"어우, 추워."

"꽃샘 추위라더니 바람이 매섭네. 어서 집에 가자."

●

201

사람들이 종종걸음을 옮기며 옷깃을 여민다. 하천에 떠다니는 꽃잎처럼 사람들이 흩어져 간다. 돌아갈 집이 있다는 건 살아갈 이유이기도 하다. 우주가 있다는 건 빛나는 별들의 존재 이유인 것처럼. 돌아가 저세상 소풍이 아름다웠노라고, 눈부신 꽃비 배웅을 받으며 떠나왔노라고, 웃으며 별들에게 고할 수 있다면 좋겠다.

●

노을은 하루를 살다 가지만 강물은 천 년을 흐른다

부론강 노을, 캔버스에 유채, 10P

서쪽으로 마음이 기우는 건 순전히 강물과 노을 탓이다. 강물과 강물이 만나는 합수머리, 부론강 노을이 붉다. 해질녘이면 달려오게 만드는 곳이다. 강둑엔 자전거도로가 있고 마침 금계국이 노랗다.

나는 지난 여름 이곳에 자전거를 타러 일 마친 후 달려오곤 했다. 합수머리가 있는 흥원창에서 부론다리까지 자전거를 타다보면 운 좋게 근사한 노을을 만날 수 있다. 남한강과 섬강이 만나 조용히 하나의 강물로 흘러갈 때 저녁의 강은 쌍화차 노른자 같은 햇덩이를 낳는다. 그 모습이 어찌나 붉은지 강둑의 풀도 태우고 내 마음을 태우고도 남는다. 자전거는 세워둔 채 그 햇덩이가 사라질 때까지 바라보는 일, 내가 누리는 최고의 행복이다. 강물과 강물이 만나 하나의 강물로 흐르는 곳. 사람과 사람이 만나면 시끄럽고 상처를 받기도 하지만 강물은 그저 묵묵히 흐르는 일로 그 사명을 다한다.

그런데 흥원창이라 쓰여진 커다란 바위는 언제부터 여기에 있었을까. 이곳은 천 년 전 수많은 배가 드나들었던 조창漕倉이 있던 은섬포라 불리던 곳이다. 강원도 각지서 모인 세미稅米를 실은 배가 강물을 가르며 돛을 펄럭일 때 이곳에선 부를 논하지 말라는 듯 부론의 상징처럼 여겨지는 시절이 있었다. 중앙에서 감창사를 파견하여 때때로 발생하는 세미의 횡령과 부정행위 등을 조사, 감독하였다니 그 규모가 엄청났음을 알 수 있다. 고려 성종 때부터 조선시대에 이르기까지 국가에서 주도하던 조운 제도가 민간으로 이어져 번

성하면서 원주의 경제를 이끌었는데 그 조창의 이름이 흥원창이다.

한때 번영을 싣고 달리던 저 강물 위의 수많은 배들은 다 어디로 갔을까. 흥원창 앞에 줄 지어선 주막과 시장, 그곳에 모인 사람들도 다 어디로 갔을까. 원주를 흥하게 만든다는 이름을 가진 흥원창, 조운 기능이 사라져 기억에서 완전히 멀어졌다 해도 그 모든 일의 원천인 강물은 그 자리에 남았다. 길이 닦일수록 강물의 일은 줄어들지만 그래도 강물은 흐른다. 그 모든 것을 삼키고서 어떤 잡음도 없이 그저 흐른다. 저 노을은 하루를 살다 가지만 천 년을 흐르는 강물은 천 년이 지나도 그 자리에서 영원히 흐를 것이다.

●

마스크의 봄

마스크의 봄, 캔버스에 유채, 15F

한 소녀가 꽃밭에 서 있다. 축제의 꽃밭은 피어나는 꽃들로 화려하다. 왜 사람들은 꽃을 보러 다닐까. 꽃이 주는 아름다움? 힐링? 꽃은 그저 피고 질 뿐이지만 무더기로 필 때 사람의 눈길을 사로잡는 마력을 지녔다. 그 마력은 팬데믹을 잊게 할 만큼의 위안이다. 꽃을 좋아하는 건 신이 인간에게 내린 축복이 아닐까 하는 생각마저 든다.

소녀가 마스크를 쓰고 꽃밭 사이를 뛰어다닌다. 2020년 봄부터 유행한 코로나19 바이러스 때문에 향기와 말을 앗아간 저 마스크로 온전한 봄을 누릴 수 없는 게 슬프다. 그래도 꽃을 볼 수 있는 반짝이는 두 눈이 있으니 향기를 상상하고 마음껏 뛰려무나, 꽃은 반드시 지듯 팬데믹의 고통도 언젠간 사라지겠지…. 미소로 소녀를 지켜본다.

양귀비꽃 축제에 오니 온갖 봄꽃들이 향기를 뿜내고 있었다. 꽃 속을 거닐며 위독한 아름다움을 떠올렸다.

마약 성분이 없는 꽃양귀비는 위독을 모르지만 링거 줄 하나에 의지해 연명하던 아버지는 항암치료를 받다가 도중에 돌아가셨다. 폐암 말기 선고를 받고 치료를 포기할 건지, 아니면 연명치료를 할 건지 고민에 휩싸였지만 우린 후자를 택했다. 6개월이 아니라 다만 하루를 더 사실 수만 있다면 하는 희망에서였지만 나중에 후회했다. 차라리 맛있는 음식 사드리고 한번도 못 타본 비행기 타고 제주도라도 다녀올 걸, 후회는 언제나 늦다.

잔기침만 있어도 동네약국을 가시던 아버지였다. 약사가 접어준 약봉지에서 풍기는 쌉싸름한 약 냄새를 어린 나는 좋아했다. 아버지가 남긴 약봉지를 혀로 핥아먹으면 나도 아픈 사람이 된 듯 기운이 없어졌다. 그때 엄마가 따뜻한 손으로 짚어주는 이마의 느낌이 좋았다. 곱게 접힌 종이를 사각으로 펼치면 하얀 가루에 알약들이 빛나고 있었다. 몰래 한 알 삼키던 철부지는 그때 아픔이란 게 있었을까, 어쩌면 따스한 약손이나 모락모락 김이 나는 흰 죽이 더 그리워서 그랬는지도 모르겠다.

약국 간판을 보면/ 왜 마약이 떠오르는지 모르겠어요// 난 꽃밭을 보면/ 마약이 떠올라/ 슬픔도 중독이거든// 그런 점에서 약국과 꽃밭은/ 서로 동격이다// 접힌 꽃잎 열 듯/ 약 싼 종이를 펴서 싹싹 핥았다/ 아픈 게 부럽던 철부지// 아버지는 조금만 아파도 약국으로 가지만/ 폐에 꽃피는 암을 몰랐다// 양귀비 축제에 가면 속이 울렁거린다// 양귀비는 위독을 모르고/ 링거액은 연명을 모르고

— 시 「약국과 꽃밭」 전문

소녀가 뛰어가서 엄마 품에 폭 안긴다. 양귀비꽃들 사이로 갈래머리가 흩날린다. 소녀와 엄마가 웃으며 손잡고 걸어가는 뒷모습을 오래 바라본다. 꽃보다 빛나는 풍경 한 점이 망막에서 사라져갈 때

•

'사람이 꽃보다 아름답다'는 말이 떠오른다. 저 소녀 가족이 마스크를 벗고 꽃길만 걷기를 진심으로 빈다.

●

신은숙 그림에세이
굳세어라 의기양양

지은이_ 신은숙
펴낸이_ 조현석
펴낸곳_ 북인
디자인_ 푸른영토

1판 1쇄_ 2024년 12월 30일

출판등록번호_ 313 - 2004 - 000111
주소_ 서울 마포구 동교로19길 21, 501호
전화_ 02 - 323 - 7767
팩스_ 02 - 323 - 7845

ISBN 979-11-6512-502-8   03810
ⓒ신은숙, 2024

본 사업은 원주문화재단의 2024년 문화예술지원사업으로 추진하는 사업입니다.
(재) 원주문화재단 보조금 지원사업